Leben in Russland

Ich danke allen Beteiligten für dieses unvergessliche Jahr. Besonders aber danke ich meinem Mann Michael und meinem Sohn Jakob für ihren Mut zu dem Abenteuer Russland!

Corinna Howe

Leben in Russland

Über das heitere Leben einer deutschen Hausfrau im größten Land der Erde

Bibliografische Information der Deutschen Nationalbibliothek:
Die Deutsche Nationalbibliothek verzeichnet diese Publikation
in der Deutschen Nationalbibliografie; detaillierte bibliografische Daten sind im Internet über http://dnb.dnb.de abrufbar.

Herstellung und Verlag: BoD – Books on Demand,
Norderstedt

ISBN: 978-3-7322-7902-9

Vorwort

Wenn man sich als Familie entschließt für ein paar Jahre ins Ausland zu gehen, dann ist das ein großes Abenteuer. Fremde Kulturen, Alltagssituationen, Klimabedingungen – alles ändert sich.

Wir gingen nach Sankt Petersburg in Russland und in diesem Buch sind Ereignisse geschrieben, die wir in unserem ersten Jahr im größten Land der Erde erlebt haben. Dabei geht es nicht um Besichtigungen oder Reisen innerhalb des Landes. Sondern um den ganz normalen Alltag, der mit unserer Ankunft in Petersburg kein normaler Alltag mehr war.

Die Testleser der Berichte fragten mich, warum ich meinen Mann durchgehend nur mit „der großartigste Ehemann aller Zeiten" betitele? Einerseits, weil er natürlich eben dieses für mich ist, andererseits als augenzwinkernde Hommage an den, von mir sehr bewunderten, großen Ephraim Kishon, der seine Gattin in seinen Geschichten als „Beste Ehefrau von allen" beschrieb.

Nach ein paar Jahren vergisst man viele Situationen, die im ersten Jahr noch aufregend und neu waren. Mit diesem Buch versuchen wir, die Erinnerungen fest zu halten und die Erlebnisse zu bewahren. Und wer weiß, vielleicht hat ja der eine oder andere Leser ähnliche Erlebnisse gehabt?

Ankunft

Das Flugzeug näherte sich dem Ziel und während wir in den Sinkflug abstiegen, wuchs das flaue Gefühl im Bauch. Das Fliegen selbst machte mir nichts mehr aus, doch Landen gehört bis heute definitiv nicht zu meinen Lieblingsbeschäftigungen!

Jakob machte das gar nichts aus. Er war inzwischen acht Jahre (fast schon 9) und sah Sankt Petersburg mit gemischten Gefühlen entgegen. Immerhin war er inzwischen alt genug um zu begreifen, dass er seine Freunde und seinen deutschen Alltag hinter sich lassen musste und das machte ihm ganz schön zu schaffen.

Während der großartigste Ehemann aller Zeiten mir beruhigend die Hand drückte, versicherte ich mich mit der zweiten, dass mein Gurt fester saß als das Korsett von Scarlett O`Hara. Dieses allerdings machte mir schmerzlich bewusst, dass ich eigentlich mal aufs Klo musste. Was selbstverständlich völlig ausgeschlossen war, da wir in 15 Minuten landen würden und ich nicht gewillt war, einen Landeabsturz auf einer Flugzeugtoilette zu überleben! Ich weiß selbst, dass diese Angst vor der Landung dämlich ist - und mich im Zweifelsfall weder ein Gurt noch eine Toilettenkabine retten würde - aber ich bremse auch im Auto als Beifahrer mit obwohl ich kein Bremspedal habe….

Nun ja, jetzt saß ich jedenfalls in einem Luftlochsucher der Lufthansa und betete innerlich, der Pilot möge ausgeschlafen, nicht alkoholisiert und frei von Liebeskummer sein, um uns heil auf den russischen Boden zu bringen.

Zu Beginn eines jeden Fluges spricht der Pilot für gewöhnlich ein paar Sätze durch die Lautsprecher und begrüßt seine Flugopfer. Man erkennt die Kapitänsansage daran, dass man ihn nicht versteht, weil Flugkapitäne in ihrer Ausbildung offensichtlich die Grundlagen der phonetischen Kommunikation verlernen – sie nuscheln! Darum konnte ich jetzt im Nachhinein leider auch keinen Dank an unseren Flugführer loswerden (weil ich ja seinen Namen nicht verstanden hatte), denn er hatte die Luftzigarre heile und sicher auf die Rollbahn gebracht, während ich schweißüberströmt und schwer atmend in meinem Flugzeugsitz saß und mich auf mein Ende vorbereitete.

Nachdem wir ohne Komplikationen und sanft wie in ein Butterfeld gelandet waren, fingen doch vereinzelt drei Leute im Passagierraum an zu klatschen. Das war der Moment, bei dem ich bei dem großartigsten Ehemann aller Zeiten nachfragen musste, ob wir doch nach Mallorca geflogen waren???

Für die ersten 2 Wochen waren wir in einem Hotel untergebracht. Wir hatten eine Ferienwohnung mit einem unglaublichen Blick auf die Innenstadt. Links sah man das Meer – herrlich!

Es war der 1. Juni 2012. Und natürlich hatte ich von den weißen Nächten in Petersburg gehört und es war mir auch klar, warum die Sonne lange nicht untergeht. Aber es tatsächlich selbst zu erleben, war schon eine faszinierende Sache. Am ersten Abend bin ich also aufgeblieben, bis es dunkel war: Halb zwei Uhr nachts!

Das Meer

Durch Sankt Petersburg fließt die Newa (ausgesprochen wird es „njewa"). Sie fließt gemächlich in ihrem breiten Bett durch die Stadt, dann ausgeruht ins Meer. Ähnlich beruhigend wie der Rhein bei Eltville – nur ein wenig größer. Über die Newa führen Brücken in die verschiedenen Stadtteile, die wie Inseln durch kleinere Kanäle voneinander getrennt sind. · Petersburg wird „Das Venedig Russlands" genannt, was ich allerdings für ziemlich übertrieben halte! Die großen Hauptbrücken werden mitten in der Nacht hochgeklappt, damit die großen Schiffe in die Stadt einfahren können. Wer sich also abends auf diesen Inseln befindet, der sollte entweder beizeiten wieder zurück aufs Festland finden oder aber eine Übernachtungs-möglichkeit haben....

Der erste Sonntag in Petersburg war sonnig, wenn auch ein wenig windig und bei 17 Grad ein wunderschöner Frühlings-tag. Da wir noch im Genuss eines Mietwagens waren, fuhren wir die 40 km aus der Stadt hinaus bis an den Strand. Ist das nicht verrückt, dass unser Navigationsgerät aus Deutschland uns tatsächlich auch in den kleinen Vororten führen konnte, in denen die Russen neben winzigen Straßen ihre Wochenend-häuschen gebaut haben?! Teilweise schon recht verfallen und teilweise richtig neu und wunderbar gebaut kuscheln sich die Bauten in einen Birken-Pinienwald hinein. Es war so furchtbar romantisch, dass mir richtig warm ums Herz wurde. Irgend-wann ließen wir das Auto dann stehen lassen und wanderten durch das Wäldchen hinunter zum Meer.
Ein frischer Wind trieb die Wellen an den Strand und Jakob begann sofort, den Sand auf seine Sandburgen-bau-tauglichkeit zu überprüfen. Als er nach ein paar Minuten anfing, die Schuhe und Strümpfe auszuziehen, war mir klar, dass wir für eine Weile hier bleiben würden. Der großartigste Ehemann aller Zeiten unternahm einen ausgedehnten Strandspaziergang und ich wachte über Jakobs Forscherdrang und hielt das Gesicht in die Sonne.

Am Rande des ansteigenden Wäldchens stand ein alter VW-Bus, daneben eine Frau mittleren Alters, die gerade ein Lagerfeuer entzündet hatte und es sich auf einem Campingstuhl gemütlich machte. Ihr Mann war auf einem Schlauchboot auf dem Wasser unterwegs und angelte. In Gedanken wünschte ich ihm „Petri Heil!" (natürlich mit dem Hintergedanken, dass er uns bei gutem Fang doch zum Essen ans Feuer einladen könnte).

Was für eine Ruhe! Der Wind, das Rauschen der Wellen und ab und zu eine quietschende Möwe. Nach dem Pulsieren der Großstadt, der Aufregung des Neuen, dem Schlafmangel durch das Erleben des Sonnenunterganges war es ungeheuer wohltuend, auf einem Stein am Wasser zu sitzen. Die Augen konnten ungebremst hinter den Horizont schauen und eine tiefe Zufriedenheit breitete sich aus.

Das hohe Kreischen einer weißen Luftratte (Möwe) direkt über mir riss mich aus meinen träumerischen Gedanken. Ich warnte sie eindringlich davor, ihre Notdurft auf mir abzulassen und rief ihr zu: „Ich weiß, wo der nächste Grill steht!" – Das muss sie beeindruckt haben, denn sie kackte lieber ins Meer.

Hier wurde mir ganz deutlich bewusst, dass ich die nächsten Jahre meines Lebens in Russland verbringen würde. Einem Land, welches ich kennenlernen wollte, dessen Sprache ich (noch) nicht verstand, dessen Geldscheine mir (noch) unbekannt waren und dessen Schrift ich (noch) nicht lesen konnte. Es war, als stünde ich vor der gigantischen Knospe einer Blume, die mir unbekannt war. Wie würde es wohl sein, wenn sie sich öffnete und ich hineinschauen könnte in dieses Land? Würden mir die Farben gefallen, ihr Geruch und in welchem Wind sich die Blüte wog?

Würde ich irgendwann der Meinung sein, dieser Tag am Strand sei der schönste Tag in Russland gewesen oder würde ich sagen, dass dieser erste Tag am Meer einer von vielen schönen Tagen war?

Die ersten eigenen Schritte

Jakobs erster Schultag! Na klar, wir waren alle drei aufgeregt. Der großartigste Ehemann aller Zeiten hat uns mit dem Mietwagen hingefahren. Es ist eine deutsche Schule und die Schulleiterin nahm uns herzlich in Empfang. Mit einem leichten Kloß im Hals verabschiedeten wir uns von ihm (Eltern werden das kennen, wenn man sein Kind an fremde Menschen übergibt, dann ist das schon ein mulmiges Gefühl…) und der großartigste Ehemann aller Zeiten brachte mich zurück zum Hotel und fuhr dann zur Arbeit.

Jetzt war es also soweit: Der Alltag begann und ich musste mich tagsüber allein durchkämpfen. Mit einem Haushaltsgeld von 5000 Rubel in der Tasche sollte das ja nun nicht so schwierig sein, immerhin redeten wir über 125 Euro.

Und weil die Frau Schulleiterin der Deutschen Schule uns in der Vorbereitung unseres Umzuges so toll geholfen hat, wollte ich ihr einen Blumenstrauß mitbringen, wenn ich den Jakob nach der Schule abholte.

Es dauerte nicht lange, dann konnte mir Jemand den Weg zu einem Blumenladen beschreiben. Wie auch in Deutschland gab es vorgefertigte Sträuße und sie waren auch ähnlich teuer wie in Deutschland… Aber es war nun mal nicht die gleiche Währung und als ich einen Geldschein mit einer 500 darauf für einen Blumenstrauß über die Ladentheke reichen sollte, erforderte es schon eine immense Überwindung! Es kam mir eben so viel vor… In Wirklichkeit sind es aber nur 12, 50 Euro.

So, bewaffnet mit Blumen, Stadtplan und der Adresse der Schule machte ich mich auf den Weg zur Metro. Ich hatte keine Ahnung, ob es verschiedene preisliche Kategorien gab und weil ich nicht sagen konnte, wie die Metro-Station hieß, hielt ich der Ticket-Verkäuferin einfach den Stadtplan an die Scheibe, auf der der Standort der Schule eingekringelt war. Daraufhin erzählte sie mir eine Menge Wörter, die ich nicht verstand aber die Bewegung ihrer Hände ließ mich darauf schließen, dass sie mir (offensichtlich Touristin) den Weg zur Bahn erklärte… Darum nickte ich einfach, bezahlte und machte mich dann mit meinen Blumen in die Richtung, welche sie angezeigt hatte.

Noch vor dem Drehkreuz hörte ich ein lautes „Hello!" und ein junger Mann sprang mit fuchtelnden Armen auf mich zu, so, dass ich erschrocken ein paar Schritte zurück taumelte. Da hatte ich doch glatt vor Aufregung die Ticket-Münze am Schalter liegen lassen, die ich in das Drehkreuz stecken musste und er hatte hinter mir angestanden und brachte sie mir nun. Es war ein durchaus gutaussehender Mann mit einem kantigen Kinn und stahlblauen Augen. Er lächelte, legte mir die Münze in die Handfläche und zeigte auf den Einwurf-Schlitz am Drehkreuz. Ich spürte, wie meine Ohren warm wurden – ein untrügliches Zeichen dafür, dass ich rot wurde. Peinlich.

Ich wandte den Blick ab und hielt den Blumenstrauß etwas höher aber er hatte es wohl doch mitgekriegt. Und es als Appell an seine Ritterlichkeit gedeutet. Vielleicht war er aber auch Pfadfinder und nahm die Gelegenheit zur guten Tat des Tages wahr. Jedenfalls vertiefte sich das Lächeln und er nahm mir die Münze wieder ab, steckte sie in Schlitz und schob mich samt Blumen durch die Schranke. Mit der einen Hand leicht an meiner Schulter bugsierte er mich durch die Menschenmassen, was den Pflanzen in meinem Arm nicht gut tat. Irgendwann hielt ich das floristische Gebinde nach oben wie die Freiheitsstatue ihre Fackel.

Der gutaussehende, russische Touristinnen-Retter brachte mich bis zu meinem Zug, hielt dann vier Finger in die Höhe und zeigte mir auf dem Fahrplan, dass ich beim 4. Halt aussteigen müsse. Tippte sich mit zwei Fingern zum Gruß über die Schläfe und verschwand in der Menge.

Na, dachte ich, war doch gar nicht so schwierig! Und dabei hatte der Herr B. uns auf dem Interkulturellen Seminar beigebracht, dass die Russen nicht lächeln, sondern reserviert sind und es als unhöflich gilt, bei der ersten Begrüßung zu grinsen…

Als ich an der Stadion ausstieg stellten sich gleich zwei Probleme dar: Ich wusste nicht in welche Richtung ich gehen sollte, um zur Schule zu gelangen und der Wind wehte dermaßen stark, dass meine ohnehin schon etwas ramponierten Blumen davon so malträtiert wurden, dass es gar eine Blüte abriss, während ich einen Polizisten nach dem Weg fragte.

Leider konnte mir der gute Mann auch keine Antwort geben und so suchte ich mir die Richtung aus, die mir am sympathischsten erschien und lief los, die Blumen schützend unter meine Jacke haltend. Alle hundert Meter fragte ich wieder Passanten. Weil es aber immer später wurde und ich doch pünktlich an der Schule sein wollte, fragte ich irgendwann nicht mehr nach dem Weg, sondern nach einem Taxi.

Die junge Frau vor mir sprach gutes Englisch und ließ sich zeigen, wohin ich müsse. Dann winkte sie fröhlich mit der Hand ab und sagte, ich bräuchte kein Taxi. „Stellen Sie sich nur an diese Straße! Und achten Sie auf den Bus Nummer 309. Der bringt sie direkt an die Schule!"

Juchu! Ich tat, wie sie sagte und tatsächlich: Ein „Bus" mit sechs Sitzen nahm mich mit. Innen war es ziemlich warm und die armen Blumen ließen bereits nach ein paar Minuten die Blätter hängen. Irgendwie hatte ich den Eindruck, dass Blumen es nicht wirklich mögen, wenn sie mit öffentlichen Verkehrsmitteln in Sankt Petersburg unterwegs sein müssen. Ich zeigte dem Fahrer die Adresse, er nickte und versprach mit Bescheid zu sagen, wenn ich aussteigen müsse. Und nicht nur das, er stieg auch mit aus und zeigte ganz genau, welches Gebäude es war.

Ganz kurz überlegte ich, ob der Strauß oder vielmehr das, was davon übrig war, im nächsten Gebüsch sein Ende finden sollte, entschied mich dann aber dagegen. Immerhin haben wir zusammen in den letzten Stunden ein Abenteuer erlebt und das sollte ein würdigeres Ende finden, als im nächsten Haselnussstrauch!

Die Schulleiterin nahm es jedenfalls mit Humor auf und erwies den armen Pflanzen noch die letzte Ehre, in eine Vase gestellt zu werden und gab mir meinen Sohn zurück, der einen schönen Schultag erlebt hatte. Gemeinsam fuhren wir mit dem Schulbus zurück zum Hotel.

Geschafft! Die ersten eigenen Schritte im Großstadt-Dschungel hatte ich bestanden!

Der Markt

Heute stand Bewegung auf der Tagesordnung. Per Pedes den Moskowski-Prospekt entlang, immer in Richtung Innenstadt. Nach etwas mehr als einer Stunde Fußmarsch fand ich einen Markt. Hier gab es so ziemlich alles, was man brauchen und essen könnte. Natürlich auch einen „Fake"-Markt, auf dem man ganz und gar echte Plagiate von teuren Marken erstehen konnte. Ach, was war ich froh, nicht so viel Geld in der Tasche zu haben! Zum Einen hätte ich es sonst gewiss für ganz viel Unsinn ausgegeben und zum anderen habe ich mehrfach bemerkt, wie sich die eine oder andere Hand im Gedränge der Menschen suchend in meinen Rucksack steckte. Es war aber bis auf eine halbvolle Flasche Cola nichts darin. Wie enttäuschend für die Diebe! Das Geld hatte ich nämlich in der Hand und die Hand in der Hosentasche… Ein Portemonnaie wollte ich auf einen solchen Ausflug nicht mitnehmen. Aus Angst um die Kreditkarte, Personalausweis und Führerschein. Laut ging es zu, die Händler riefen die Vorzüge ihrer Waren über die Köpfe der Käufer hinweg, man schob und drängte sich durch die engen Gassen. Von Obst zu Gemüse, Fleisch und Fisch zu Gewürzen und asiatischen Waren wie Tofu bis zu eingelegten Antipasti. Von Geschirr und Nüssen über Backwaren, Putzmittel und Drogerieartikeln bis zu Sonnenbrillen, Hüten, Schuhen und Bekleidungen für jeden Anlass. Wirklich JEDEN Anlass – es gab sogar einen kleinen Stand mit einigen Brautkleidern! Es gab Teppiche und Zigaretten, Matratzen, Lampen, DVD`s und CD`s, Kinderspielzeug und Fahrräder und zwischendrin, mitten auf der Kreuzung zweier Gässchen stand ein Mann und sang eine Arie aus einer Oper. Gut… Die Leute blieben zwar nicht stehen, schmissen aber im Vorbeigehen in der Regel ein paar Münzen in den Hut vor ihm. Ich auch.

Ab und zu trat ich auf eine Pflaume oder Erdbeere, die auf dem Boden lagen, da war ich froh, feste Schuhe angezogen zu haben, sonst wär das echt eklig gewesen – bei der ersten Pflaume hab ich noch gedacht, es sei Hundekacke…

Nach über einer Stunde Marktschlendern machten sich meine Beine bemerkbar und ich trabte in Richtung Hotel zurück. Zwischendurch gelangte ich an ein japanisches Restaurant, das preislich ziemlich in Ordnung war. Ich gönnte mir ein kleines Mittagessen und stutzte kurz bei der Rechnung: Da stand die Speise und das Getränk, mit dem Preis, der in der Karte dafür vorgesehen war. Aber was war das noch für ein Betrag?! Auf Nachfrage erklärte man mir: Das war das Trinkgeld! 10% vom zu zahlenden Betrag waren bereits für die Bedienung vorgesehen. Wie praktisch für sie. Das nahm mir immerhin die Entscheidung ab, ob ich Trinkgeld zahlen mochte oder nicht…. Gut zu wissen, denn ansonsten hätte ich noch extra etwas für die Bedienung gegeben.

Ein Jahr nach dieser Erkenntnis, als dieses Buch ein Ende fand, stellte ich aber fest, dass dies das einzige Mal war, bei dem das Trinkgeld direkt bei der Rechnung mit abgezogen wurde. Offensichtlich hatte sich diese Idee bei der Kundschaft wohl nicht durchgesetzt.

Die russischen Damen

Am Dienstag den 9. Juni war russischer Nationalfeiertag. Und weil man mit so einem Montag zwischendrin nicht gut feiern kann, war dieser auch gleich mal mit frei. Brückentage kennen wir schließlich aus Deutschland auch. Die Russen feierten im Allgemeinen gerne, da es aber alles korrekt gehandhabt wurde, musste auch dieser freie Tag nachgearbeitet werden. Und zwar direkt am Samstag darauf.

Aber so ein vier Tage langes Wochenende war auch mal ein guter Anlass, sich auf die Sehenswürdigkeiten dieser Stadt zu stürzen. Und zwar dort, wo Sankt Petersburg gegründet wurde: Die Festung Peter und Paul.

Mit der Metro war es jedes Mal wieder spannend. Für Jakob war es die erste Fahrt mit den langen Rolltreppen hinunter unter die Stadt. Diese Rolltreppen waren irre lang und ziemlich steil. Für eine Fahrt hinunter benötigte man am Newski Prospekt knappe drei Minuten. Auf dem Weg hinunter, vorbei an verschnörkelten Lampen, die noch aus einer Zeit stammten, welche jeden Tag die romantische Ader der Stadt hat pochen lassen, hatte ich kurz Zeit, mir zu überlegen, was wohl geschehen würde, wenn da unten ein Feuer ausbricht… Aber diese Gedanken habe ich schnell verdrängt, sonst hätte ich diesen Ausflug nicht mitmachen können. In der Bahn war es erwartungsgemäß voll aber es war ja nicht sooo weit.

Jaha…! Nicht sooooo weit… Aber wir fuhren unter der Newa lang. Und der großartigste Ehemann aller Zeiten versäumte nicht, eben dieses zu erwähnen, was mir sogleich die Schweißperlen auf die Stirn trieb und ich hektisch in dem Mauerwerk außerhalb des Zugfensters nach Rissen und dem unweigerlich eintretendem Wasser suchte, welches uns sicherlich gleich fluten und uns alle wie die Ratten ertränken würde! Manche Dinge sollten auch in einer noch so guten Beziehung ungesagt bleiben! Wie dem aus sei – wir überlebten knapp und stiegen nahe der Festung aus der futuristisch anmutenden U-Bahn-Station.

In China hatten die Männer ein Problem damit, eine Frau zu finden, da es einen Männerüberschuss gab. Hier in Russland ist es nun genau anders herum. Viel zu viele Frauen und dagegen wenig Männer. Dies führt natürlich dazu, dass frau ganz andere Geschütze auffahren muss, wenn sie sich einen Ehemann angeln möchte! Sie legen nicht nur viel Wert auf ihre Figur, die perfekte Frisur, ein stimmiges Make up und selbstverständlich eine auf die Kleidung abgestimmte Handtasche – die Russinnen sind Meisterinnen im High- Heels-Stöckeln!

Mit schwindelerregenden Absätzen sind sie auf den Flaniermeilen unterwegs und machen den Trottoir zum 24-Stunden-Laufsteg. Und das so ganz lässig und nebenbei, möglichst noch mit dem Mobilphone telefonierend. Mir wurde in den ersten Tagen in Sankt Petersburg schier schummerig vor Neid. Ich glaube, ich habe noch nie so viele gutaussehende Frauen in einer einzigen Stadt gesehen! (Habe kurz darüber nachgedacht, ob ich dem großartigsten Ehemann aller Zeiten vielleicht eine Augenbinde verpassen sollte, damit er nicht davon läuft, bei dem Angebot! Habe mich aber doch dagegen entschieden, da er am Steuer des Autos saß, mit dem wir fuhren…)

An diesem Tag nun aber, auf dem Weg in die Festung bekam dieses Bild der gutgekurvten, aufgehübschten Stelzenschuhdamen allerdings einen amüsanten Knacks. Denn innerhalb der Festung gab es keinen geraden Boden mehr, sondern nur noch rundes Kopfsteinpflaster!

Ich hätte vermutlich in einer solchen Situation schlicht die Dinger ausgezogen aber diese Blöße gaben sich die russischen Frauen nicht! Sie strauchelten und staksten recht undamenhaft umher und hielten die Arme ausgestreckt wie ein Seiltänzer. Andere wiederum klammerten sich wie Ertrinkende mit beiden Händen an den Arm des Mannes an ihrer Seite, um nicht zu Boden zu gehen. Was aber alle gemeinsam hatten waren die etwas eingeknickten Beine. Das gibt zwar eine bessere Balance – sieht aber dafür auch aus, als wenn man mal aufs Klo müsste. Außerdem ist dadurch der Oberkörper etwas nach vorn gebeugt und der Po herausgestreckt. Im Ganzen hatte ihre Fortbewegung etwas vom Ententanz.

Dieser Anblick versöhnte mich denn auch für den Beauty-Schock der ersten Tage!

In der Kathedrale waren die Särge der Zaren seit Peter I. ausgestellt. Jakob war etwas erschrocken und meinte vorsichtig: „Sind da etwa Leichen drin?!" Ich schaute auf die eingravierten Daten und beruhigte ihn: „Ich denke nach zweihundert Jahren sollten sie definitiv tot sein! Es ist also nicht zu erwarten, dass sie von innen klopfen und heraus wollen." Irgendwie scheint er wohl etwas von meiner Phantasie mitbekommen zu haben, denn er wollte in diesem Augenblick partout die Kirche verlassen!

(Gut, ich gebe zu, ich hatte irgendwie auch ein Kratzen aus den marmornen Grabstätten gehört.... Aber das könnte auch etwas anders gewesen sein.)

In dieser Kathedrale ist, untypisch für orthodoxe Kirchen, eine Kanzel zu sehen. Angeblich wurde sie nur ein einziges Mal benutzt: Nämlich, um einen gewissen Herrn Tolstoi zu exkommunizieren...

Die Festung war ziemlich weitläufig. Nach der Kathedrale begaben wir uns in das Gefängnis. Dort saßen zumeist politische Häftlinge ihre zumeist letzten Stunden, Tage, Monate oder Jahre verbracht. Auch der Bruder Lenins. Oder Maxim Gorki. Die winzigen Zellen ließen kaum Licht ein und neben einem Metallbett ohne Matratzen gab es nur noch einen winzigen Tisch und einen Hocker. Mehr gestand man den Menschen nicht zu. Es war beklemmend. In einem Raum gab es gar kein Licht. Und man konnte ganz kurz selbst erleben, wie sich das anfühlt, wenn die Tür zugemacht wird und man in diesem kalten, modrig riechenden, stockdunklen Raum steht. Jakob und ich waren gemeinsam drin und es dauerte nur wenige Sekunden, bis die Panik in uns hochstieg! Gruselig!

Ich werde diese Art der Bestrafung nicht werten. Das, was wir dort sahen war inzwischen ein Museum. Wir hatten in Deutschland auch Kerker und Gefängnisse, die heutzutage nicht mehr benutzt werden, doch man ist auch damals nicht gerade zärtlich mit Gefangenen umgegangen. Wie die aktuelle Lage der Häftlinge in Russland war wusste ich nicht aus eigener Erkenntnis und es steht mir darum auch nicht zu, irgendwelche Spekulationen anzustellen oder gar zu urteilen. (Ich habe den Bildern und Meinungen der Medien noch nie so recht getraut und nehme solche Erkenntnisse nur dann als wahr, wenn ich es selbst erfahren, gesehen oder sonst wie damit in Berührung gekommen bin. Alles andere sind Informationen aus dritter Hand.)

Sankt Petersburg ist übrigens noch gar nicht so alt. Gegründet wurde es 1703. Im Jahr 2012 also gerade mal gute 300 Jahre jung.

Hallo Alltag!

Am 17. Juni 2012 zogen wir in unsere neue Wohnung. Der Container mit unseren Möbeln aus Giengen brauchte zwar noch ein paar Wochen, das machte aber nichts. Jakob meinte sogar, das sei gut so, jetzt wär ja so viel Platz, da könne man ja in der Wohnung Fußball spielen! –Mitnichten!
In der Wohnung befanden sich 14 Türen. Die Räume waren 3,5m hoch und so aufgeteilt, dass ich die ersten Tage öfter mal „falsch abgebogen" war, wenn irgendwelche Türen offenstanden. Es war schon ein eigenartiges Gefühl sich in der eigenen Wohnung zu verlaufen. Und das auch noch mehrmals... Vielleicht hätte ich Brotkrumen streuen, einen Wollfaden hinter mir herziehen oder die Hilfe eines Kompasses in Anspruch nehmen sollen?

Vom Wohnzimmerfenster konnte man den bunten Turm der Auferstehungskirche sehen, der sich wie eine Waffel mit buntem Softeis gen Himmel streckte. Aus dem linken Glasloch sah man auf den Marsfeld-Park, der links nebenan begann und das Auge mit sattem Grün erfreute, mitten im Großstadt-Grau. Und wenn ich rechts aus dem Fenster schaute, sah ich auf die Eremitage.
Ich schaute aber nicht oft aus dem Fenster, weil die so furchtbar schmutzig waren! Und, weil ich beim Anblick der Scheiben dachte, dass ich diese umgehend putzen müsste... Allerdings stellte genau das ein kleines Problem dar: Es waren Mückennetze davor. Um die Scheiben außen zu putzen, hätte ich die Dinger entfernen müssen...
Ich sah mich vor dem geistigen Auge bereits Schwärmen hungriger, angriffslustiger schwirrender Blutsauger hilflos ausgeliefert. Als einzige Waffen einen Lappen, einen Abzieher und eine Sprühflasche Glasreiniger mit Apfelgeruch. Dieses Equipment war nicht annähernd ausreichend, um einen Krieg in diesen Dimensionen zu gewinnen! Also war die einzige Überlebensstrategie, die Fenster einfach schmutzig zu lassen und auf den Winter – also die Mückenfreie Zeit - zu warten.

Ich denke, dieser Entschluss leuchtet jedem Scheibenreinigungsfanatiker ein?!

Außerdem habe ich Höhenangst, der Abgrund war tief und die Fenster hoch. Ich würde einfach abwarten, bis der Container da war, um die Kletterausrüstung des großartigsten Ehemannes aller Zeiten zu benutzen, damit ich diese Arbeit überlebte.

In der Straße gab es einen kleinen Laden, in dem man die alltäglichen Einkäufe erledigen konnte. Das Geschäft(chen) war dermaßen klein und vollgestopft, dass ich mit meinem Rucksack fast das Weinregal abgeräumt hätte. (Das wäre teuer geworden!!!) Zwei Menschen konnten in dem kleinen Gang zwischen den Regalen nicht aneinander vorbei gehen. Wer Platzangst hat, würde dieses Geschäft definitiv nicht lieben!

Unsere Wohnung lag im 4 Stockwerk in einem Haus, welches bereits 200 Jahre alt war. (Und dem Treppenhaus sah man das auch an!) Viele Häuserfassaden hier in der Innenstadt waren bereits renoviert worden. Vladimir Putin stammte ja aus Sankt Petersburg und es war ihm offensichtlich ein Anliegen, die Stadt in Schuss zu halten. Jedenfalls jene Bauwerke, die den Touristen offensichtlich ins Auge fielen.

Die Häuser selbst und der Grund auf dem sie standen gehörten nämlich dem Staat – nur die Wohnungen konnte man als Privatperson kaufen. Darum wurden die Treppenhäuser auch nicht saniert. In unserem Domizil-Treppenhaus bröckelte der Putz von den Wänden und das Treppengeländer, ganz toll verschnörkelt, war schon etliche Male übergestrichen worden. Die Stufen hatten unterschiedliche Höhen, darum musste man arg aufpassen, um nicht zu stolpern. Außerdem war hie und da schon etwas Stein aus dem Tretgerät ausgebrochen und die ersten Male rechnete ich mir aus, wie groß die Überlebenschancen wohl wären, wenn die Treppe unter mir nachgab. Das Ergebnis war ein weiterer Grund, dringend abzunehmen…

Es waren erst ein paar Tage, doch es kam mir so vor, als wäre ich schon Monate hier. Unter dem Fenster hörte man ab und zu eine Pferdekutsche entlang klappern, die die Touristen durch die City fuhr und jeden Mittag um 12 Uhr ertönte ein Kanonendonner, denn dann wurde Salut geschossen von der Festung Peter und Paul. Das erste Mal dachte ich, es sei eine Sprengung!

Ab und zu ging ich an die Newa, die floss auf der anderen Seite unseres Häuserblocks gemächlich dahin und an ihrem Ufer standen öfter mal Brautpaare, um sich fotografieren zu lassen. Ähnlich wie in China durfte an Kitsch bei einer Hochzeit keinesfalls gespart werden! Und ganz wichtig: Wer seinen Stand zeigen wollte, fuhr in einer immens langen Stretch-Limousine mit vollkommen dunkel getönten Fenstern. Ich fragte mich da nur, warum die Fenster getönt waren? Wenn ich schon viel Geld für so ein schickes Gefährt ausgebe, dann will ich doch wenigstens darin gesehen werden und wie die Königin von England hinaus zum Volk winken!

Insgesamt wurde ich in Sankt Petersburg ein wenig sportlicher. Wir hatten nämlich keinen Fahrstuhl und alle Lebensmittel mussten 4 Stockwerke hoch getragen werden. Eine Mülltonne suchte man unten vergeblich. Weil das nämlich das Stadtbild der Innenstadt verschandelte, musste man seinen Müll eine Straße weiter zu einer Sammelstelle bringen. Ich achtete jetzt ziemlich stark darauf, den Müll zu reduzieren! Sozusagen „Zwangs-Umweltbewusstsein“. Ich ging aber mit der Selbstverständlichkeit einer Frau davon aus, dass sich dieser Umstand positiv auf meine Figur auswirken würde und erwartete nach einem halben Jahr Treppenhaus-Steppen einen super-knackigen Hintern!

Zumindest war dies die Grundlage zur Selbst-Motivation, die Wasserkisten, Cola Kisten, Lebensmittel, Klopapier und so weiter und so fort, den häuslichen Mount Everest empor zu hieven. Einmal hoch geht ja noch – aber bei Großeinkäufen steigt man die ganzen 76 Stufen 4-5-mal hintereinander mit „Marschgepäck“ a`la Panzergrenadier! Nach einer solchen Aktion brachte ich es gerade noch fertig, die gesicherten Lebensmittel zu verstauen und forderte dann den Müttergenesungs-Bonus mit Kuss für mich und den Heldenstatus für den großartigsten Ehemann aller Zeiten ein. Und zwar auf dem Sofa mit einer Frauenzeitschrift in der Hand und einem wissenden Lächeln des Gatten.

Inzwischen hatte ich mich auch einigermaßen an die hellen Nächte gewöhnt, obwohl meine innere Uhr noch nicht im richtigen Takt war. Der großartigste Ehemann aller Zeiten hatte das besser hingekriegt. Er konnte sich einfach abends um halb 11 Uhr ins Bett legen - und schlief! Jakob hatte auch keine Probleme mit der Umstellung. Er ist abends nach der Schule und den vielen neuen Eindrücken meistens so platt gewesen, dass er ganz schnell ins Reich der Träume einzog.

Rendezvous mit dem Botschafter

Jetzt waren die ersten drei Wochen in Russland vorüber und die ersten offiziellen Termine standen vor der Tür. Eines schönen Morgens schickte die Deutsche Schule Sankt Petersburg folgende Email an uns Eltern:
Am Freitag, dem 22. Juni 2012, findet im Alexandrowski Garten (an der Admiralität) um 17:00 Uhr die
Eröffnung der Ausstellung „United Buddy Bears"
durch den Botschafter der Bundesrepublik Deutschland in der Russischen Föderation, Herr Ulrich Brandenburg statt, mit der gleichzeitig ein feierlicher Auftakt des Deutschlandjahres in Russland 2012/2013 markiert wird. Die Bären waren in den vergangenen Jahren schon auf allen Kontinenten, vor zwei Jahren in Helsinki, letztes Jahr in Berlin – sie werben auf ihrer Welttournee für ein friedliches Zusammenleben der Völker, der Religionen und Kulturen.
Danach folgte der Hinweis, man würde sich freuen, möglichst viele Familien der Deutschen Schule dort vorzufinden. Pflichtbewusst, wie ich bin, habe ich das auch sofort auf den Kalender geschrieben. Das wäre ja alles auch überhaupt kein Problem, wenn ich nicht auf dem Rückweg vom Kalender in die Küche an einem Spiegel vorbeigekommen wäre! Und da traf mich die Gewissheit wie ein Schlag: Ich brauchte einen Friseur!!!!
Immerhin zeigten sich bereits einige graue Haare am Ansatz und die Spitzen müssten auch mal dringend… Und dabei fiel mir auf, dass ich nichts – aber auch gar nichts Passendes für diesen Anlass im Kleiderschrank hatte! Der Container, in dem solche Garderobe wie ich sie benötigte in Kisten verpackt lag, war nämlich noch nicht angekommen. Und Schuhe waren ebenfalls vonnöten. (Und die Kreditkarte des großartigsten Ehemannes aller Zeiten – wie bringe ich ihm das schonend bei?!)
Nun hätte man natürlich müde abwinken können und meinen: „Na und? Dann gehe ich eben in Jeans und T-Shirt." - aber mal ehrlich: Wie oft trifft man sich mit dem deutschen Botschafter im Park???

Nun aber hurtig… In unserer Straße war ein kleiner Laden, da hing draußen ein Bild, mit einer Wella-Werbung. Das könnte ein Friseur sein – oder zumindest ein Beauty-Schuppen für Maniküre und Make Up. Das wär ja schon mal ein Anfang. Natürlich verstand sie kein Englisch, ihr junger Kollege auch nicht. Wie gut war es da doch, dass der großartigste Ehemann aller Zeiten eine Sekretärin hatte, die dolmetschen konnte! Es dauerte ein bisschen, ihr zu erklären, dass ich keine Dauerwelle haben wollte, sondern lediglich am nächsten Nachmittag um 17.00 Uhr einigermaßen präsentabel hergerichtet worden sein müsste. Nach einigem hin und her bekam ich dann also einen Termin Freitag um 13 Uhr! Na bitte, klappte doch. Und der Preis? Aha, 300 Rubel. Ich stutzte… denn 400 Rubel sind 10 Euro. Auch die Dolmetscherin war entsetzt und riet mir dringend an, einen anderen Salon aufzusuchen. (Die war witzig, mir saß die Zeit im Nacken!) Und außerdem – vielleicht konnten die das ja ganz toll und dann würde das meine Haus- und Hof-Frisierstube, die mich nicht in den finanziellen Ruin brächte, wenn ich mir dort öfter mal die Haare machen ließe!
Und am Vormittag war noch Zeit durch die Bekleidungsgeschäfte zu tingeln, um mich gewandungsmäßig nicht zu blamieren. Vielleicht schaffte ich es ja sogar noch, einen Platz bei einer Maniküre zu ergattern? Dann hätte ich dem Herrn Botschafter nicht mit „nackten" Fingernägeln gegenüber treten müssen.
Vor meinem geistigen Auge sah ich bereits eine Dame wie dem Denver-Clan entsprungen, welche die mit Bäumen überschatteten Wege des romantischen Parks entlang flanierte. Im angeregten Gespräch mit dem Botschafter der Bundesrepublik Deutschland, gefolgt von neidischen Blicken anderer Frauen, die keinen Platz mehr beim Friseur bekommen hatten…
Jaja, ich weiß selbst, dass das Schmarrn war – aber träumen war doch wohl noch erlaubt, bevor mich am nächsten Tag um 17.00 Uhr die Realität wieder einholte!

Göttlich!

Bewaffnet mit der Kreditkarte des großartigsten Ehemannes aller Zeiten schlug ich beschwingt den Weg zur Straße der Perestroika-Gewinner ein. Was der Kudamm in Berlin war, war der Newsky-Prospekt in Sankt Petersburg - die Parademeile und das Einkaufsmekka für Kunden, die willig sind viel Geld auszugeben.

Die Sonne schien, ich hatte einen Frisörtermin in Aussicht und überlegte kurz, ob diese kleine Plastikkarte in meiner Handtasche wohl einen Höchstbetrag hatte und wo der wohl liegen könnte. Diese Gedanken machten gute Laune und so betrat ich die erste Boutique mit den exklusiven Modellen in dem festen Willen, den Verkäufer glücklich zu machen. Ich fühlte mich ein wenig wie Pretty Woman – mit dem glücklichen Umstand, dass mir kein Richard Gere an den Hacken klebte und meine Einkäufe   beobachtete!

Und weil ich wusste, dass Männern bei einer bestimmten Aussage vor Angst der Schweiß ausbricht, machte ich mir einen kleinen, boshaften Scherz und schrieb dem großartigsten Ehemann aller Zeiten folgende sms: „Erstaunlich, wie viel Spaß man mit einer Kreditkarte haben kann!"

Während ich durch die Kollektionen rauschte, wurde mein Blick plötzlich magisch angezogen von einem Kleid, welches die Schaufensterpuppe offensichtlich mit Genuss am Ende des Saales vorführte. Zumindest lächelte sie so. Ob ich darin auch so lächeln würde? Ob ich darin auch so wunderschön aussehen würde? Wie im Trance und mit deutlich erhöhtem Herzschlag steuerte ich auf diesen Frauentraum zu und streckte ehrfürchtig die Hand danach aus. Personen und Geräusche wurden vom Gehirn nur noch als verschwommenes Abfallprodukt der Realität wahrgenommen und das wissende Lächeln einer Verkäuferin ließ mich dem glühenden Wunsch meiner Hände nachgeben. Der bodenlange flaschengrüne Stoff floss wie weiches Wasser über die Haut, als ich mit den Fingern darüber fuhr. Dann ertastete ich das Preisschild und auch hier setzte der Herzschlag einen Moment aus. Ich überlegte, dass ich den Kauf dieses Kleides irgendwie vor dem großartigsten Ehemann aller Zeiten rechtfertigen müsste… Gut, es gibt ja Männer, die tragen Uhren im Wert eines Kleinwagens. Aber ob mir das mit einem Verschleißteil wie einem Kleidungsstück nicht doch ein zweifelndes Stirnrunzeln meines Gatten einbringen würde?!

Mit einem leisen, innerlichen Seufzen redete ich mir ein, dass ich das Kleid doch gar nicht so toll fände und entschied mich für einen leichten, bodenlangen weißen Rock, ein graues Oberteil und eine graue, leichte Strickjacke. Die waren auch schick und haben trotzdem nicht unseren Jahresurlaub gefährdet.

Nun galt es nur noch, den Inhalt dieser Garderobe ein bisschen ansehnlicher zu gestalten. In dem kleinen Frisörstübchen stand eine junge Frau an einem Übungskopf aus Plastik und übte das Aufwickeln der Dauerwelllockenwickler.

Die Einrichtung des Ladens war nicht gerade sehr modern und der Lockenstab, den sie neben mir in die Steckdose steckte war mindestens so alt wie ich! Erinnerungen an den ersten, haarsträubenden Frisörbesuch in Nanjing schlichen sich aus dem Erinnerungszentrum meines Gehirns und setzten sich mit einem hämischen Grinsen in meinem Sehnerv fest. Ich schluckte und bat innerlich meine Haarspitzen um Vergebung für diese sicherlich nicht schonende Behandlung und schickte anschließend ein Stoßgebet an alle verantwortlichen Schutzengel für schönheitshungrige Frauen.

Auf der Ablage vor mir lagen noch die Haarspitzen der letzten Kundin und auch deren leere Kaffeetasse mit den Resten ihres Lippenstiftes. Ein leichtes Unwohlsein stellte die Härchen auf meinen Armen in die Höhe und gleichzeitig schalt ich mich innerlich energisch, sich doch bitte nicht so anzustellen!

Das blonde Mädel hatte abgekaute Fingernägel und Pubertätspickel im Gesicht und ich fragte mich, ob die Frisörinnen in Russland nicht in Kosmetik unterrichtet wurden… Englisch sprach sie nicht. Ihre Lehrmeisterin zeigte ihr, wie man die Locken nun aufdrehte, sie bis an den Verbrennungspunkt festhielt und erst, wenn bereits der stechende Geruch verbrannter Haare den Raum durchflutete wieder freigab. Gut, dass ich mir am Morgen nach dem Haare waschen bereits den Kopf mit einem Hitzeschutz-Spray eingenebelt hatte!

Und tatsächlich: Nach einer Stunde hatte ich Locken, mit denen ich mich sogar nach draußen trauen konnte. Und just, als

Mengen von Haarspray die Pracht offensichtlich für die Ewigkeit fixieren sollten, klingelte mein Mobilphone. Die Schule teilte mir mit, dass mein Sohn heute nicht Heim gefahren würde (mit dem super-teuren Schulbus), ich ihn stattdessen an der Admiralität abholen dürfe. Wie schön. Es war windig. Und ich kam frisch vom Frisör. Nun gut. Da die Zeit ohnehin schon knapp war, denn der Weg ist ca. 20 Minuten lang, lief ich zu der Haltestelle. Mit Jakob wieder daheim stellte ich fest, dass Wind und Locken sich nicht wirklich vertragen. Von der eleganten Frisur war kaum noch etwas übrig. Ich sah eher aus, wie eine Promenadenmischung, die man an einer Raststätte ausgesetzt hatte.

Leider war keine Zeit mehr es groß zu retten, denn der Wunsch den deutschen Botschafter zu sehen war stärker als das Bedürfnis hübsch zu sein. Und schon liefen Jakob (in seinem neuen Schul-Shirt) und ich wieder an der Eremitage vorbei zum Park hinter der Admiralität, in dem die Bären aus den verschiedenen Ländern aneinander gereiht aufgestellt waren.

Und dann sahen wir ihn. Den Herrn Botschafter. Er stieg auf eine kleine Bühne und hielt seine Rede über die Buddy-Bears auf Russisch. Eine eindrucksvolle Statur, kluge Augen und eine warme aber sichere Stimme. Er besaß diese natürliche Autorität, die ihm von den Zuhörern Achtung und Respekt sichert und ich bewunderte ihn innerlich für seine Gabe so frei und offen vor vielen Menschen reden zu können. Der Vater eines Schulkameraden von Jakob war ebenfalls anwesend und weil er in der russischen Sprache sehr bewandert war, übersetzte er für mich den einen oder anderen Satz.

Die Sonne schien, es war mild und ich war ein bisschen unsicher zwischen den vielen fremden Menschen, als mich plötzlich eine Russin mittleren Alters ansprach. Zuerst dachte ich, es sei eine Bekannte von dem netten Vater, der mir übersetzt hatte und noch immer neben mir stand. Aber nach ein paar Sätzen erklärte er mir, was die Dame gesagt hatte: Sie wolle mir ein Kompliment machen, sie habe mich von dahinten gesehen und sei der Meinung, ich sähe aus wie eine Göttin! Und nun wolle sie fragen, ob sie ein Foto mit mir machen könne!

Ich war vollkommen verwirrt und merkte, wie der Übersetzer-Vater sich schwer zusammen nehmen musste, um nicht laut loszuprusten. Da vorn auf der Bühne stand also der Deutsche Botschafter in seiner ganzen Pracht – und ausgerechnet der alten Frau mit der Promenadenmischung-Frisur wird ein solches Kompliment gemacht!!!

Selbstverständlich durfte sie ein Foto machen und ich habe den restlichen Tag das Mona-Lisa-Lächeln nicht mehr aus dem Gesicht bekommen!

Anschließend wurde der russische Buddy-Bear enthüllt und der Herr, welcher so nett übersetzt hatte, stellte mich dem deutschen Generalkonsul von Sankt Petersburg vor.

Ich war aufgeregt wie ein Schulmädchen und musste mich beherrschen, nicht nervös hin und her zu trippeln. Und dann passierte es: Er gab mir zur Begrüßung die Hand und stellte eine Frage: „Werden Sie die Bären heute auch noch fotografieren?"

Eine ganz einfache Frage… Und wenn ich nicht so fürchterlich aufgeregt gewesen wäre, dann hätte ich vermutlich auch ganz einfach geantwortet. So aber begann es in meinen Gehörgängen zu rauschen und ich merkte, wie die Ohren rot und die Knie weich wurden. Oh nein, wie peinlich!

Ein klassischer Black-Out! Jener Moment, in dem sich weder im Stammhirn, noch in der Außenrinde Grundlagen der Phonetik befinden. Außerdem war nichts in meinen Gedankengängen, was sich auch nur ansatzweise zu einem Gespräch gebrauchen ließ. Ich hätte ja wohl kaum sagen können: „ Für einen Mann haben Sie eine beneidenswerte Figur!" oder „Mir gefallen Ihre Hände sehr!" oder „Könnte ich Sie bitte einfach nur so angucken, weil ich Sie toll finde?!"

Die Sekunden verstrichen und kamen mir wie Stunden vor. `Lieber Gott, bitte lass die Erde aufgehen, damit ich darin versinken kann!` dachte ich – der liebe Gott jedoch dachte gar nicht daran und ich nahm mir vor, ihm im nächsten Gottesdienst die Zunge heraus zu strecken!

Ich musste etwas sagen… Etwas mit Teddy-Bären! Und zwar schnell! Nach einer gefühlten Ewigkeit übernahm die Unterkiefermuskulatur die Initiative und zu meinem Entsetzen hörte ich mich sagen: „Ich komme aus der Stadt, aus der die Bären stammen. Aus Giengen an der Brenz." Er blickte mich irritiert an und erwiderte: „Oh, ich dachte eigentlich, die kämen aus Berlin."

Ich fühlte, wie mir der Schweiß ausbrach und machte mir Sorgen, ob sich jetzt wohl unter meinen Achseln nasse Flecke für Jeden sichtbar abzeichneten, um diese mittelschwere Katastrophe noch auf die Spitze zu treiben!

Grundgütiger, der Mann musste mich für eine völlige Idiotin halten und ich stammelte weiter: „Die Steiff-Teddybären meinte ich." Zeigte dann mit Daumen und Zeigefinger an mein Ohrläppchen: „Mit dem Knopf im Ohr." Sein Blick war deutlich: Er konnte mit Steiff-Teddybären nichts anfangen – und mit mir auch nicht. Vielleicht dachte er auch darüber nach, dass seine monatliche Vergütung für solche Situationen einfach zu wenig ist…

In diesem Moment richtete Jemand das Wort an ihn und erlöste mich aus diesem Desaster. Nach dieser fulminanten göttlichen Bruchlandung in Sachen Kommunikation habe ich mich nicht mehr getraut, den Deutschen Botschafter um ein Foto zu bitten, sondern habe diesen Ort baldigst verlassen…

Aber das Kompliment, wie eine Göttin auszusehen, habe ich mit nach Hause genommen. So als Göttin muss man ja nicht viel reden!

Unhöflich

Eines Morgens hat uns der (super-teure) Schulbus vergessen. Nach einer halben Stunde Warten am Straßenrand riefen wir in der Schule an und dort bestellte man uns ein Taxi. Das hat im Grunde super geklappt, bis wir dort waren. Da wollte mich der Taxifahrer nämlich rausschmeißen. Ich versuchte ihm klar zu machen, dass ich nun wieder nach Hause wollte, dass ich nur mitgefahren war, weil ich meinen Sohn nicht allein mit völlig fremden Leuten mit dem Taxi durch Sankt Petersburg schicken wollte. Es bedurfte aber erst dem guten Zureden der Schulsekretärin, dass er mich (zähneknirschend) wieder nach Hause fuhr.

Ich habe ja Mitleid mit ihm gehabt, denn in dieser Zeit sind die Straßen dicht und er vergeudete für diese 4 km viel Zeit und bekam dafür im Verhältnis wenig Geld. Die Fahrtkosten berechneten sich glücklicher Weise nach den gefahrenen Kilometern – nicht nach der Zeit. Darum fuhren die Taxifahrer auch wie die gesengte Sau! Eigentlich wäre so eine Fahrt ein erstrebenswertes Abenteuer für den Freund meiner Freundin, der stand total auf „James-Bond-Taxi-Fahrten"!

Die Schulsekretärin hatte sich am Auto von mir verabschiedet mit den Worten: „Kein Problem, Frau Howe. Er fährt sie wieder nach Hause. Für 330 Rubel."

Aha, die Rückfahrt durfte ich also selbst bezahlen. Weil ich mein Kind nicht allein mit einer Taxe durch die Großstadt schickte... Ich ärgerte mich ein kleines bisschen – denn es war nicht meine Schuld, dass der (super teure) Schulbus uns vergessen hatte - aber eigentlich war ich froh, überhaupt wieder zurück zu kommen.

Vor der Haustür verlangte er natürlich 900 Rubel (ich hatte schon damit gerechnet, dass er mich über den Tisch zieht...). Ich ließ mir eine Quittung geben, die er erst nicht ausstellen wollte und herum lamentierte. Von seiner lauten Wortgewalt vollkommen unbeeindruckt machte ich ihm begreiflich, dass ich dieses Gefährt nicht ohne einen Beleg verlassen würde.

Nach einigem hin und her schmierte er tatsächlich etwas auf seinen Quittungsblock. In kyrillischer Schreibschrift, die ich nicht lesen konnte – ich war mal gespannt, ob da wirklich der Betrag draufstand, den ich bezahlen musste...

Das Ganze hätte ich ihm gnädig verziehen, wenn er dann einfach die Klappe gehalten hätte. Nachdem ich ausgestiegen war und die Tür schließen wollte, sagte er nämlich laut und deutlich: „Scheiß Deutsche!"

Ich ließ die Tür offen, drehte mich um und ließ den „Scheiß Russen!" einfach stehen. Es gibt halt in jedem Land Arschlöcher.

Inzwischen näherten wir uns Mitte Juli. Und der Container, der am 25. Mai in Deutschland gepackt wurde war noch immer nicht da. Schlimmer noch: Er stand noch immer in Heidenheim. Wir fuhren also beim Einzug in die Wohnung zum schwedischen Möbelhaus, um uns nützliche Dinge wie Tassen, Teller, Bettwäsche und Handtücher zu kaufen. Für anderthalb Wochen Übergang, bis unsere Sachen aus Deutschland kämen. Aber mit nur einem Topf war das Kochen schwierig. Immerhin sind wir keine Studenten mehr und unser Sohn möchte nicht jeden Tag Ravioli und Tütensuppen vorgesetzt bekommen.

Eigentlich war die Lieferung unserer Sachen für den 1. Juli geplant. Grund für die fünfwöchige Verzögerung war angeblich der Zoll.......... (Dann waren die Herren Zollbeamten vermutlich ein paar Wochen gemeinsam im Betriebsurlaub auf Malle oder haben sie die benötigten LKW zum Menschenschmuggel benutzt?!)

Nun ja, ich war einfach mal vorsichtig optimistisch, dass die Weihnachtsdekoration noch vor dem Fest eintraf.

Und weil das Kochen mit dem einen Topf nicht wirklich stimulierend war, gingen wir öfter mal in ein Restaurant. Natürlich auch, weil wir ja schließlich auskundschaften mussten, wohin wir unsere Gäste ausführen konnten, falls uns Freunde und Familie besuchen kämen!

In manche Läden sollte man nämlich nicht zweimal Geld lassen. An einem Freitag zum Beispiel speisten wir beim Spanier. Um 19.00 Uhr gaben wir eine Bestellung von einer Handvoll kleinerer Tapas-Gerichte auf von denen um 22.30 Uhr noch immer zwei fehlten. Dann mussten wir wegen Müdigkeit des Sohnes das Lokal verlassen. (Das die nicht gebrachten Speisen trotzdem mitbezahlt werden mussten, brauche ich nicht erwähnen, oder?!)

In einem anderen Restaurant war die Bedienung so unfreundlich, dass man den Eindruck hatte, es stünde unter ihrer Würde, einen Gast zu bedienen. Ein Deutscher, der seit Jahren in Sankt Petersburg lebte erzählte mir, dass die Kellner die 10% Trinkgeld gar nicht bekämen, sondern der Inhaber. Und, dass sie deshalb zwei Jobs hätten, einen am Tag und einer am Abend, weil das Gehalt so gering sei, dass man davon nicht auskommen könne.

Aufgefallen war mir, dass manche Läden an der Eingangstür einen Hinweis mit „Restaurant-Pass" angebracht hatten. In diesen lukullischen Tempeln sind wir immer toll, freundlich und schnell bedient worden, das Essen war lecker und die Preise nicht zu hoch.

Die russische Küche an sich war sehr vielfältig. Durch den chinesischen Nachbarn gab es eine Menge asiatischer Gerichte. Auch Sushi war fast in jedem Lokal vertreten, günstiger als in Deutschland und in der Regel recht schmackhaft. (teilweise sind die einzelnen Stücke so riesig, dass man das Gefühl hat, einen Tennisball im Mund zu haben!) Eine nahezu barbarische Eigenheit der Petersburger war es allerdings, Salate und Gemüse regelmäßig in einer fetten Portion Mayonnaise oder Smetana zu ertränken. (ja, auch Blattsalate!) Man konnte in der Regel aber auch „without cream!" ordern, dann bekam man ein paar Tropfen Basilikum-Essig über die Blätter. (Wer pfiffig war, und das war ich, nahm sich ein kleines Fläschchen selbstgemachtes Dressing in der Handtasche mit, dann stand dem Genuss nichts im Wege) Oft fand man eingelegtes Gemüse, ähnlich wie unsere sauren Gurken. Nur nicht ganz so sauer. Allgemein wurde mit den Gewürzen sparsamer umgegangen, als in Deutschland, meist stand aber Salz und Pfeffer auf dem Tisch.

Mit dem Rindfleisch hatte ich in Sankt Petersburg so meine Probleme: Das Goulasch war nach fast vier Stunden kochen immer noch zäh. Ich hatte schon die Vermutung, dass es gar kein Rind war, sondern irgendwas anderes. Vielleicht ein Senior-Elch oder ein ausgedienter Blindenhund... Das Rindergehackte, mit dem ich eine Bolognese-Sauce für die Spaghetti machen wollte, hatte kleine pinkfarbene Krümel drin, die nach Essig schmeckten und die Sauce ziemlich eklig machten.
Hygienisch habe ich so gar nichts zu beanstanden. Es ist mir noch kein Fingernagel des Koches zwischen den Zähnen ge-

landet und die Toiletten in den Restaurants waren in Ordnung. (Da haben wir in China anderes gesehen....)

Auch zum Selberkochen fand sich in den großen Supermärkten alles, was das Herz begehrte. Ausländische Produkte wie „Knorr" oder „Kellog`s" waren natürlich durch den Import wesentlich teurer als russische Produkte. Und bei diesen gab es Unterschiede zu den Deutschen: Kondensmilch zum Beispiel. Die war in Russland nämlich bereits gezuckert. Und wie! Hot Dogs bekommt man an jeder Ecke. Aber manchmal waren Stücke von Plastikfolie mit drin. (sehr gewöhnungsbedürftig, war mir aber zweimal passiert).

Was man nicht trinken sollte, war das Leitungswasser. Das kam ziemlich gelb aus dem Wasserhahn und wenn man in der Toilette hinunter spülte, dann sah es ab und zu so aus, als hätte man genau dies nicht getan.

(Michel wollte eines Tages in der Badewanne baden und hatte sich nicht getraut hinein zu steigen, also ließ er das Wasser wieder aus – und es zeigte sich ein regelrecht schlammiger Bodensatz) Vielleicht war das Zeug ja auch gesund?! Heilerde kann man schließlich auch trinken – nur „muss" man ja nicht alles testen.

Die Kohle-Tabletten haben wir jedenfalls nicht gebraucht, so schlimm war das russische Essen also nicht!

Familientag

Die Firma Bosch-Siemens Hausgeräte in Petersburg ist keine kleine Klitsche, sondern ein beachtliches, gut organisiertes und gewinnbringendes großes Werk. Es werden Kühlschränke und Waschmaschinen für den russischen Markt hergestellt. Bis auf einige Expats (Mitarbeiter, welche von der Mutterfirma ins Ausland geschickt werden) gibt es in Sankt Petersburg hauptsächlich russische Arbeitnehmer/innen.

Und für eben diese hat sich die Firma an einem Samstagnachmittag richtig ins Zeug gelegt! Man feierte einen „Family-Day". Für die Mitarbeiter und ihre Familien! Das fördert die Motivation, die Arbeitnehmer fühlen sich ernst genommen, die Familien werden mit einbezogen und letztendlich hilft es, die Loyalität zur Firma zu festigen. Auf dem Firmengelände waren Zelte aufgestellt und zahlreiche Attraktionen und Shows bespaßten von 14 -19 Uhr die großen und kleinen Teilnehmer.

Und es war wirklich vom Puppentheater, Stelzenlaufen, etliche Geschicklichkeitsspiele, Bullenreiten, Kinderschminken, Bogenschießen, Boule bis 3-D-Kino für Jeden was dabei. Eine große Bühne, auf der eine regional sehr angesagte Band spielte, Tanzeinlagen, Akrobatik und Disco wurden von einem Moderator in einer Lautstärke untermalt, dass es einfach in den Ohren wehtat. Man teilte mir aber mit, das sei vollkommen normal: Die Russen mögen es laut. Sehr laut! Frei nach dem Motto „Wenn`s wehtut, lebst du noch!" Seitdem befindet sich in meiner Handtasche eine Packung Ohrstöpsel.

Die Kinder hatten sogar ein „Kinderbuffet" – an dem auch nur die kleinen Gäste etwas bekamen. Nun könnte man denken, dass sei übertrieben?

Nein, denn dadurch war sichergestellt, dass die Kinder überhaupt etwas bekamen! Bei den Erwachsenen war das eine eher sportliche Herausforderung. Ich stand über eine halbe Stunde in der Schlange und habe dann aufgegeben und bin mit leerem Teller zurück geschlichen… Aber bei der Dame, die vor mir in der Schlange stand und mit unerschütterlicher Ausdauer (und vermutlich mit laut knurrendem Magen) ausharrte, habe ich die Zeit gestoppt: 1,07 Stunden, bis sie mit voll beladenem Teller ihrem Tisch zusteuerte!!! Die Arme hat die Kalorien, die sie nun futterte bereits vorher „abgestanden", es war nämlich sehr warm und bis man unter dem Pavillon stand, schien die liebe Sonne auf den Schädel. Immerhin eine faire Chance: Verhungern oder Verbrennen.

Warum? – Weil die Schlange lang war. Und weil nur eine handvoll Gäste überhaupt etwas bekam, dann waren die Schalen alle und es dauerte eben sehr lange, bis neue Speisen kamen. Dabei waren es aber immer nur bestimmte Variationen, zum Beispiel Steak und gedünstetes Gemüse oder aber (bei der nächsten Lieferung) Würstchen und gegrillte Aubergine oder Kartoffeln. Was man also hinterher würde essen dürfen, dass wusste man als Anstehender nicht. Ein Vorteil war natürlich, dass die Leute nicht so schnell betrunken wurden, da es sich mit den Getränken ähnlich verhielt. Und während man in der Schlange steht sind die Getränke halt weit weg… Die Russen sind ja aber ziemlich pfiffig, ich habe unter einigen Tischen die selbst mitgebrachten Flaschen stehen sehen.

Wir hatten das unglaubliche Glück an einem Tisch zu sitzen, an dem nicht nur die attraktivsten Herren und Damen der Firma saßen, sondern an einem Tisch der nicht weit weg vom Buffet war. Und so war wenigstens die Getränkefrage wesentlich entspannter. Allerdings nur bis 18.00 Uhr. Dann waren nämlich die alkoholfreien Getränke alle. Und zwar komplett.

Zum Glück hatten wir noch eine Flasche Wasser im Rucksack, damit Jakob etwas trinken konnte! Nach den Aktivitäten im prallen Sonnenschein waren gerade die Kinder sehr durstig. Als ich am Getränkestand nachfragte, ob man denn nicht etwas für die Kinder besorgen könne, antwortete der Kellner allen Ernstes: „You can take beer. It`s not so strong."

(Ansonsten hätte er mir noch Wein mitgeben können. Na, vielen Dank!) Das Kinderbuffet hatte leider bereits um 17.00 Uhr geschlossen.

Vielleicht wollte man so sicherstellen, dass der gesetzte Zeitrahmen der Feier eingehalten wurde?

Der Family-Day war organisatorisch eine tolle und attraktive Veranstaltung und die Menschen, die ich beobachtete hatten große Freude an den dargebotenen Beschäftigungen. Aber den Namen dieser Catering-Firma sollte man sich unbedingt merken, damit man sie nicht versehentlich noch einmal bucht!!!

Jakob hat Ferien!

Sommerferien. Der Alptraum jeder Hausfrau. Der ganze Tagesablauf ist von einem Tag zum anderen vollkommen aus der Bahn geworfen, jeden Tag erfordert der Umstand der schulfreien Zeit ein Höchstmaß an Alltags-Kreativität, um den Sohn über den Tag hin zu bespaßen, damit er sich auch ja nicht langweilt und knörig und maulig durch die Wohnung tobt. Er hatte ja noch keine Kumpels mit denen ich ihm zum Kicken in den Park schicken konnte - Ich gebe es zu: Ich mag keine Ferien!

Aber, wie jedes Jahr heißt es: „Zähne zusammenbeißen und durch!". Diesmal allerdings länger als sonst, denn im Gegensatz zu Deutschland haben die Kinder der Deutschen Schule Sankt Petersburg nämlich über zwei Monate Ferien.

Aber da wir neu waren in dieser großen Stadt gab es ja auch ganz viel zu erkunden und zu erleben. Und einer der ersten Ausflüge führte Jakob und mich in die Eremitage. Eines der größten Kunstmuseen der Welt und bereits von außen eine Augenweide!   Umgerechnet 12.50 Euro bezahlt ein Erwachsener für das Ticket, das finde ich nicht übertrieben, Kinder sind sogar frei. Bis man das ersehnte Eintrittspapier allerdings in den Händen hält, braucht man viel Geduld. Wir standen anderthalb Stunden an, bevor es soweit war. Und es war eigentlich gar nicht so viel los. In einem Reiseführer hatte ich vorher mal gelesen, dass es den Besuchern nahegelegt wird eine Führung zu buchen, um die Übersicht zu behalten. Das haben Jakob und ich natürlich nicht für nötig gehalten – und das war ein Fehler!

Es dauerte nämlich nicht einmal eine halbe Stunde, bis wir uns das erste Mal verlaufen hatten. Vollkommen überwältigt von diesen prunkvollen Räumen, diesen irren Intarsien im Holzfußboden (es wundert mich übrigens, dass man keine Filzpantoffeln anziehen muss, die Damen latschen da tatsächlich mit Stöckelschuhen über dieses bodenständige Kunstwerk!) Und dann erst die Exponate! Bilder, Skulpturen, Silber, Gold und Edelsteine, Wandteppiche, Mobiliar, ägyptische Kunst und viel, viel, viel mehr… Zum Glück saß in jedem Saal eine nette Dame mit zumindest rudimentären Englisch-Kenntnissen, die uns den Weg zeigen konnte. Wir haben es nämlich geschafft, uns in den drei Stunden unseres Besuches mehrmals zu verirren! Das nächste Mal werde ich eine Garnrolle mitnehmen oder Brotkrumen ausstreuen.

Nach drei Stunden taten uns die Füße weh (man rechne die Wartezeit vor der Kasse dazu!) und wir schleppten uns mit letzter Kraft in die nächste Sushi-Bude. Jakob ist ja auch ganz vernarrt in die Fischrollen – so dass wir fast jeden zweiten Tag unsere Bäuche mit den japanischen Reishappen vollstopfen. Um im Wettbewerb attraktiv zu bleiben haben einige Restaurants denn auch etwas außergewöhnliche Angebote. Zum Beispiel flache Sushi-Stückchen, die einen Boden aus gepressten Algen haben, darauf Reis, darauf Tomate und Schinken und darauf Käse, der überbacken wird. Erinnert uns das an etwas?! – Richtig: Pizza in Sushi-Style. Geschmacklich muss ich aber sagen, dass es meine lukullische Lust nicht befriedigt hat. Ist vielleicht eher was für amerikanische Japan-Fans im Russland-Urlaub.

Nach einem solchen Überangebot an Kultur haben wir es am nächsten Tag ruhiger angehen lassen. Die Badesachen eingepackt überquerten wir die Brücke zur Festung Peter und Paul und haben uns im warmen Sommerwind am Strand der Newa erholt. Das haben sie richtig schick gemacht. Feiner Sand, wenig Leute und ein herrlicher Blick auf die Skyline am gegenüberliegenden Ufer. Ein Burger-King in der Nähe, um sich mit Getränken zu versorgen und Wasser zum Schwimmen – was will man mehr?! Jakob paddelte auch tatsächlich ein paar Runden im Wasser und eigentlich wollte ich mit hinein. Doch tiefer als bis zu den Knöcheln konnte ich mich nicht überwinden: Das Wasser war eiskalt! Kneipp in allen Ehren, doch wenn es statt Entspannung eher Erstarren ist, dann bin ich schneller bei dem mitgebrachten Buch auf meinem Handtuch, als Jemand „Gesundheit" sagen kann... Wir fuhren aber ab und an zum Baden eher an den Strand am Meer fahren, da ist das Wasser um diese Zeit tatsächlich „schwimmbar".

Genug ausgeruht und herumgegammelt. Am nächsten Tag machten wir einen Ausflug in den Zoo. Toll ist ja, dass Jakob und ich alle Ausflugsziele zu Fuß erreichen konnten, das machte das Ganze stressfreier und billiger. Denn kostengünstig ist Sankt Petersburg nicht! Außerdem tut das Herumgelatsche meiner Figur erheblich besser, als die Fahrt mit der Metro. Die Expats, die schon länger hier leben behaupten, dass die Russen nur drei Dinge wirklich lieben: Sich selbst, unser Geld und ihr Land. Ich habe diese Erfahrung noch nicht gemacht. Mal schauen, ob ich nach den Jahren hier diese Aussage bestätigen oder widerlegen kann.

Das Ticket für den Zoo war ebenso teuer wie das der Eremitage – was etwas unverhältnismäßig wirkte. Und hier mussten Kinder auch bezahlen, was in einem deutschen Tiergarten ebenso üblich war. Die Gehege waren, nunja klein bis winzig... „artgerechte Haltung" sah denn doch anders aus. Die Raubtiere waren jeder für sich in einem kleinen Käfig mit Steinfußboden nebeneinander ausgestellt. Mein Esszimmer ist größer. Als wir im Inneren des Raubtierhauses die gelangweilten Leoparden begutachteten, lief uns eine fette weiße Ratte von ca. 30 cm (!) über den Weg! Igitt! - Nein, es war ganz sicher eine Ratte und keine Katze... Ratten sind in meiner persönlichen Anti-Beliebtheitsskala noch vor Schlangen an erster Stelle. Und Schlangen finde ich eklig.

Ähnlich begeistert bin ich von Tauben. Ja, ich weiß, Friedenstaube, Brieftaube, Glückssymbol und tolle Action vor dem Standesamt, wenn da ein Schwarm weißer Tauben aufsteigt... Das hat aber nichts mit den grauen, fettgefütterten Stadt-Tauben zu tun, die zwischen Unrat in der Gosse und Kirchturmdächern alle Krankheitserreger in ihrem Gefieder unterbringen, die die Großstadt zu bieten hat! Und wenn sie es nicht schaffen, ihre Viren und Bakterien im Flug abzuwerfen, dann kann man sie ja immer noch mit einer Ladung weißer Bomben aus dem Heck verteilen. Darum benutze ich für Tauben inzwischen nur noch die Bezeichnung „Ratten der Luft".

Toll für die Kinder im Zoo war natürlich auch der integrierte Karussellpark, eher was für die Kleinen aber sicherlich spaßig. Billig war es aber nicht, jedes einzelne Fahrgeschäft kostete zwischen 2,50 und 3,50 Euro. Wie gesagt, für kleine Kinder zwischen 3 und 5 Jahren.

Wenn auch mit tiefem Mitleid für die dortigen Tiere hatten wir einen aufregenden Nachmittag im Zoo und haben uns hinterher (wie könnte es anders sein) mit einer Portion Sushi den Hungerzahn gezogen.

Dicke Luft

Es war in Nanjing ja auch schon so. Das blieb in einer Großstadt nicht aus. Und im Zentrum war es besonders schlimm mit
dem Smog. Und wenn es lange Zeit nicht regnet… Jaja. Aber
zweimal täglich die Füße waschen zu müsse und kein Kleidungsstück zweimal anziehen zu können nagte irgendwann an
meiner Geduld. (Diese Tugend hat der liebe Gott nämlich nahezu gänzlich vergessen mir mitzugeben)
Der Grund dafür war nicht nur die Industrie, die Autos und
Schornsteine der Wohnhäuser, sondern in erster Linie der Boden.   Sankt Petersburg ist auf einem Moor gebaut. Nun war
das zwar schon 309 Jahre her aber die Zeit macht aus einem
Moor eben keinen Kalkboden. Dieser dunkle, torfige Staub in
Kombination mit dem Smog der Industrie, den Autos und Häu-
sern zusammen machten das Leben in Sankt Petersburg echt
„dreckig". Wenn 5 Tage nicht gewischt wurde und ich mit
frisch gewaschenen Füßen durch die Wohnung lief, dann waren sie nach einer Runde schwarz. Nein, nicht „schmutzig"
sondern schwarz.   Wie angemalt.
Staubwischen musste ich also öfter, als in Deutschland. Und
weil ich das ähnlich gern und genussvoll verrichtete wie Bügeln, wurde diese Tätigkeit grundsätzlich mit einem seufzen-
den: „Naja, muss ja sein…"   und manchmal auch mit einem:
„Scheiß Dreck!" begleitet.
Es war also nicht alles nur toll und großartig – wenn jedoch
der Staub das Einzige war, was mich nervte, dann konnte es ja
nicht so schlimm sein.
Aber wenn ich schon mal „dicke Luft" abließ, dann müsste
ich eigentlich auch die Motorradfahrer ansprechen. Die Ma-
schinen mussten in erster Linie mal richtig fett aufgemotzt sein.
Und natürlich: LAUT !!!   Und sobald die Ampel auf Grün
sprang, bewiesen sie den Autofahrern eindrucksvoll, was Be-
schleunigung wirklich war und wie LAUT !!!   so etwas sein
konnte. Von 0 auf 320 km/h in gefühlten 1,5 Sekunden pump-
te es das Blut allein durch die Druckwelle des Schalls direkt
aus dem Atrium ins Hirn und löste Schwindelgefühle aus. Das
Hirn allerdings hat bereits den Befehl an den gesamten Körper

rausgeschickt: „Bitte alles mal zusammen zucken! Anhang für das Sprachzentrum: Bitte schreien!"

Wenn man mal von der unbedeutenden Situation absieht, dass ich jedes Mal am Rande eines Herzinfarktes war, wenn ein Motorrad mit dem Sound eines Verkehrsflugzeuges an der Ampel startete, war diese Art am Straßenverkehr teilzunehmen nicht ganz ungefährlich. Es gab genügend Leute, die eine Straße überquerten ohne einen Übergang zu benutzen. Bremsen konnten die rasenden Rennfahrer jedenfalls nicht so schnell, dass sie einen Unfall hätten vermeiden können.
Helme trugen diese Straßencowboys auf ihren PS-starken Metallgäulen meistens nicht.
Um es einfacher auszudrücken: Die Motorradfahrer fuhren in Sankt Petersburg wie die gesengte Sau!

Diebstahl

Am 24. Juni hatte Jakob Geburtstag und war 9 Jahre alt geworden. Und in diesem Jahr war sein großer Wunsch nach einem neuen Fahrrad in Erfüllung gegangen. Ein ganz Tolles mit Federung und vielen Gängen in einer glitzernden blau-metallic Lackierung. Er hatte sich darüber gefreut wie es nur kleine Jungen tun, die sich dieses Fahrrad drei Jahre lang zu jedem Weihnachts- und Geburtstagsfest gewünscht haben.
Und wie stolz er damit über den Asphalt flitzte! Er war eben inzwischen ein „Großer". Und natürlich wurde dieses heilige Stück, welches ihn durch die nächsten Jahre Kindheit begleiten sollte auch nicht auf der Straße stehen gelassen, sondern nach jeder Fahrt ins Innere unseres Wohnhauses gehievt und dort mit zwei dicken Fahrradschlössern am gusseisernen Treppengeländer angeschlossen.
Aber als wir ein paar Tage später das Haus verlassen wollten - tja, da war das neue Fahrrad weg.
Mitsamt Schlössern spurlos verschwunden. Jakob und ich standen ziemlich fassungslos im Flur und starrten auf den leeren Platz. Und dann kam, ganz leise und ohne Wutgeheul eine Kinderträne aus enttäuschten Augen und lief ihm die Wange hinunter.
Ich versuchte ihn zu trösten und er beruhigte sich auch schnell wieder, denn er hatte sich ja mit seinem Kumpel David zum Kicken im Park verabredet. Aber ich war ziemlich sicher, dass er innerlich diesen Verlust noch lange nicht verdaut hatte und da noch einige Tränen fließen würden.
Welche russische Ratte war so unsagbar gemein, einem kleinen Jungen sein neues Fahrrad zu klauen??? Ich wünschte dem Dieb von ganzem Herzen und meiner ganzen Seele, dass das Geld, welches er durch den Verkauf des Rades erhielt, ihm nur Pech bringen möge!

Einfach nur einkaufen?

Es gibt Tage an denen die Schicksalsengel da oben mit dem falschen Fuß aufgestanden sind und nichts anderes im Sinn haben, als uns hier unten auf der Erde bei den lächerlichsten und einfachsten Alltagsaktivitäten zu schikanieren. Am allerliebsten behindern sie unsere Einkäufe. Sie sorgen zum Beispiel dafür, dass die Warteschlange vor der Kasse, an der wir uns anstellen, garantiert die Langsamste ist. Aber auch nur, wenn wir ohnehin im Zeitdruck sind. Sie lassen den Bus genau vor unserer Nase wegfahren und stellen sicher, dass die Artikel auf unserer Einkaufsliste gerade ausverkauft sind. Sie lassen uns Damen auch gern mal mit dem Pfennig-Absatz in das Loch eines Gully-Deckels treten oder kappen während eines wichtigen Gespräches einfach die Mobilfunk-Leitung!

Oder aber, wie an einem Wochenende in Sankt Petersburg geschehen, manipulieren sie Geldautomaten.

Der großartigste Ehemann aller Zeiten brauchte Bargeld. Kein Problem: Im Supermarkt gab es ja einen Geldautomaten. Der erste war außer Betrieb, der zweite hatte leider kein Geld mehr, weil die raffsüchtigen russischen Einkäufer ihn bereits bis zur Neige ausgeschröpft hatten aber der dritte war ja auch noch da. Karte hinein und - dann schaltete das Gerät sich aus. Schwarzer Bildschirm. Stille im Gerät.

Der großartigste Ehemann aller Zeiten stand einen Moment ziemlich erstaunt davor und wartete, ob sich nicht doch noch irgendwas tat. Nein. Nichts. Er tippte auf ein paar Tasten. Kein Rattern im Gerät. Tot. Ganz langsam schlich sich ein Anflug von Panik in seinen Blick. Dies war seine wichtigste Kreditkarte… Jakob war bereits langweilig und er maulte: „Können wir jetzt endlich einkaufen?"

Beherzt schritt ich zu einem Sicherheitsbeamten und bat um Hilfe. Natürlich, er konnte kein Englisch und helfen wollte er auch nicht. Er starrte weiterhin wie paralysiert auf das Geschehen an den Kassen und dachte nicht im Traum daran, uns wenigstens einen Hinweis zu geben, in welcher Richtung wir eine Bank fänden. Also wachten Jakob und ich am Geldautomaten und der großartigste Ehemann aller Zeiten lief los. Während er versuchte Jemanden zu finden der sich damit auskannte, spielten Jakob und ich „Tiere raten" oder „Ich sehe was, was du nicht siehst" immer mit festem Blick auf den dienstversagenden Geldscheinwerfer vor uns. Es hätte ja sein können, dass der nur scheintot war und plötzlich die Karte wieder herauskommt. Oder ein anderer Kunde ebenfalls sein Plastik in den Schlitz steckt... Und so lauerten wir gespannt ca. 20 Minuten der Dinge, die da geschehen mochten – oder auch nicht.

Ab und zu sahen wir den großartigsten Ehemann aller Zeiten vorbei flitzen, einmal in Begleitung einer Dame mit Schlüsseln, die offensichtlich zu Tresoren oder Schließfächern - oder aber zu Bankautomaten gehörten. Sie sah sich das Gerät an, welches immer noch bockig seinen schwarzen Bildschirm präsentierte und sagte dann: „Das ist eigenartig, diese Bank gibt es schon seit einem Jahr nicht mehr!"

Der großartigste Ehemann aller Zeiten gab einen eigenartigen Laut von sich, der sich fast anhörte wie der Beginn eines hysterischen Lachens, nahm sich dann aber zusammen und folgte der Dame, die sich in dieser Angelegenheit offensichtlich hilfreich an seine Seite stellen wollte.

Jakob und ich konnten inzwischen nicht mehr stehen und machten es uns auf dem steinernen Fußboden bequem und warteten. Jakob fragte: „Ist die Karte jetzt futsch? Können wir gar nichts einkaufen?"

Ich antworte betont fröhlich: „Aber nein, das ist nur eine vorübergehende Störung! Das haben die ganz schnell im Griff." (Aber innerlich dachte ich, dass es genauso gelogen war, wie das beruhigende „Die schläft nur!" beim Anblick einer platt gefahrenen Taube...)

Es dauerte noch eine ganze Weile und irgendwann kam der großartigste Ehemann aller Zeiten mit hängenden Schultern zurück und zückte sein Handy, um die Karte sperren zu lassen. Jakob und ich erhoben uns vom Boden und beim Aufstehen bemerkte ich ein Kabel, welches vom Gerät her kommend in eine nahe gelegene Steckdose führte und zog intuitiv den Stecker heraus und steckte ihn wieder ein.

Und siehe da: Der arbeitsverweigernde Geldautomat ruckelte und zuckelte und: spuckte nach einigen Sekunden die vermisste Karte wieder aus!

Manchmal haben auch die schlecht gelaunten Engel irgendwann ein Einsehen....

Es war heiß geworden in Sankt Petersburg. Im Juli kletterten die Temperaturen öfter über die 30 Grad-Klippe und machte aus der Stadt einen siedenden Hexenkessel. Durch die vielen großen Fenster fühlten wir uns in der Wohnung wie in einer Sauna. Fehlte nur noch, dass der großartigste Ehemann aller Zeiten abends einen Wodka-Aufguss machte…

Aber das gleiche Problem hatten wohl die Zaren mit ihren Familien damals auch. Sie bauten sich 25 km außerhalb ihres Stadtpalastes eine Residenz am Meer, mit einem weitläufigen Park, dessen Wege von dichten Bäumen beschattet wurden: Peterhof. Viele Springbrunnen und kleine Teiche sorgten für Abwechslung, Kühlung und das Flanieren dort war auch an heißen Tagen einfach nur schön. Sogar für Kinder, da an einigen Stellen plötzlich aus dem Boden kleine Fontänen aufspritzten! Juxfontainen, die die Besucher nass machten und für einen Riesen-Gaudi sorgten.

Jakob und ich waren mit dem Schnellboot hinausgefahren. Donnerwetter, die Dinger waren echt fix unterwegs, fuhren wie auf Skiern - und sehr sportlich übers Wasser. Da merkte man jede Welle wie ein Schlagloch auf der Straße.

Eigentlich hatten wir vor, erst den Palast zu besichtigen und anschließend den Park. Also stellten wir uns (wie könnte es anders sein) erst mal 45 Minuten in eine Warteschlange. Die Russen hatten irgendwie eine Affinität zu Warteschlangen. Es gab sie in kurz und lang, meistens blieb es mir allerdings verborgen, weshalb man eigentlich so lange warten musste. Mit ein bisschen Organisation und gutem Willen hätte man….

Aber nun ja, so war es halt und ich würde schwerlich die russische Mentalität in den Jahren meiner Anwesenheit in Sankt Peterburg ändern können.

Nach 45 Minuten also standen wir vor dem Eingang. Da sah uns die Ticket-Dame in ihrem schwarz-weiß gepunkteten 50ger-Jahre-Kostümchen in der Menge stehen und rief uns etwas auf Russisch zu, was ich leider nicht verstand und machte ihr dies begreiflich. Daraufhin sagte sie auf Englisch: „No, no. You can not go in. Only russian people. Foreigners at 2:30!"

Wie bitte? Nur Russen hatten Zugang zum Palast? Und Ausländer erst um 14:30 Uhr? Na vielen Dank, für die Dreiviertelstunde anstehen! Und kein Schild, nicht mal ein russisches, was darauf hingedeutet hätte.

Grummelnd sind wir also abgezogen und haben uns bis zum Nachmittag in den Gärten herumgetrieben, um uns um halb drei dann noch einmal eine Dreiviertelstunde anzustellen. Innen war es eng, heiß und laut durch die vielen Reisegruppen, die sich durch die Zimmer drängten. Körper an Körper, wie eine langsame, zähflüssige Masse. Leider war Jakob nicht hoch genug, um zwischen den Köpfen hindurch zu schauen. Darum konnte er Manches gar nicht sehen vor lauter Leibern. Nach einer Weile hatte er auch gar keine große Lust mehr auf Prunk und Protz der Zarenzeit und wir ließen uns nach Draußen schieben.

Aber leckere Hot-Dogs hatten sie dort im Park!

Zirkus

Die Sommerferien sind ja bekanntlich die Zeit, in der die Hausfrau neben der 24/7 Arbeitszeit auch noch das Entertainment für die Sprösslinge meistern darf. Und um diesem Anspruch gerecht zu werden und die Langeweile meines Sohnes in einem ertragbaren Rahmen zu halten, machten wir einen Familienausflug in den Zirkus.

Den bestand es seit 150 Jahren fest in Petersburg und war noch immer im Besitz der Gründerfamilie (also den Generationen danach, versteht sich). Es war ziemlich voll, ganz schön warm, (natürlich) laut und sehr eng! Vor 150 Jahren waren die Menschen ja schließlich kleiner und brauchten für ihre kürzeren Beine nicht so viel Platz zur Sitzlehne der vorderen Reihe. Gerade der großartigste Ehemann aller Zeiten hockte auf dem Sessel wie ein Affe auf dem Schleifstein.

Aber das Programm war abwechslungsreich und die Darbietungen spannend und mitreißend. Tolle Akrobaten, niedliche Tiernummern und witzige Clowns, da brauchte man keine russisch-Kenntnisse, um sie zu verstehen.

Und in der Pause konnte man mit dem Erwerb eines Posters vom Zirkus dann an einer Verlosung teilnehmen, welche zu Beginn des zweiten Teils stattfand.

Und die Preise: Ein Staubsauger, ein Mixer, ein Handy und irgendwelche weiteren Haushaltsgeräte.

Man stelle sich vor, die Mutter kommt vom Zirkusbesuch nach Hause und eröffnet ihrem Mann fröhlich: „Du Schatz, ich habe heute im Zirkus einen Staubsauger gewonnen, ist das nicht schön? Nächste Woche versuche ich, den Mixer zu kriegen!"

Aber, als ob das nicht kurios genug gewesen wäre, wurde irgendwann der dicke Teppich in der Manege eingerollt und als letzte Nummer kam ein „Magier". Der hat die Manege in einen riesigen Springbrunnen mit 15 Meter hohen Wasserfontainen verwandelt!

Kein Witz, die ganze Manege bestand aus kleinen Düsen, welche das Wasser passend zur Musik in ganz irren Formen durch die Gegend spritzte.

Es war großartig (und herrlich kühl).

Wenn wir Besuch haben, werden wir dieses Erlebnis unbedingt nochmal wiederholen. Aber auch unbedingt etwas zu trinken mitnehmen, denn wenn mehrere hundert Menschen an einem einzigen Getränkeausschank anstehen und haben dafür nur 15 Minuten Pause, dann ist das schon sehr knapp.

Judasgeld

Es wäre ja auch viel zu einfach gewesen, wenn der Umzug nach Sankt Petersburg und die damit verbundenen Formalitäten wie zum Beispiel ein Visum einfach so funktioniert hätten. Das heißt, bei dem großartigsten Ehemann aller Zeiten, wie auch bei Jakob hat das einfach so geklappt. Nur mein Visum nicht. Aber da der großartigste Ehemann aller Zeiten ohnehin einen Workshop in Giengen besuchen musste und Jakob seine Freunde besuchen wollte, sind wir also alle drei im Juli nochmal für 10 Tage nach Deutschland geflogen. One-Way-Ticket. Zurück sind wir nämlich mit unserem Renauld Kangoo gefahren. Aber so weit sind wir noch nicht...

Erstaunlicherweise überlebte ich auch diesen Flug unbeschadet, was wegen den Turbulenzen keineswegs zu jeder Zeit sicher war! Da wir unser Haus in Deutschland nicht vermietet hatten, war uns Domizil vertraut und ich war heilfroh, nicht in einem Hotel wohnen zu müssen. Gut, war an manchen Stellen ein bisschen kahl, weil ja einige Möbel im Container unterwegs nach Russland waren.

Es war ein wunderbarer, entspannter Urlaub. Aber ein Erlebnis hat mich doch ziemlich aus der Bahn geworfen. Eines Abends gaben Freunde ein kleines Fest anlässlich des Jubeltages des Hausherren. Und an jenem Abend kam ich ins Gespräch mit einer Lehrerin, welche ebenfalls anwesend war. Ich erzählte ihr von einem Vorfall an Jakobs Schule in Deutschland, welcher mich sehr aufgewühlt hatte:

Eines Tages kam Jakob nämlich aus der Schule und erzählte aufgeregt: „Mama, heute gab es eine Durchsage vom Direktor. In jedem Klassenzimmer! Irgendwer hat gestern Abend in der Toilette zwei Kloschüsseln kaputt gemacht und sie glauben, es sind Schüler gewesen. Und jetzt hat er gesagt, wer die Schuldigen anzeigt, der bekommt von ihm zwanzig Euro!" Jakob war bereits völlig im Detektiv-Fieber und hatte sich auch schon mit seinen Freunden für den Nachmittag zum „Spurensuchen" verabredet. Und auch bereits genaue Vorstellungen, was er mit dem dann verdienten Geld machen würde.

Ich war sprachlos und habe erst mal bei anderen Eltern nachgefragt, ob diese Geschichte denn tatsächlich so gewesen ist und bekam die Bestätigung, dass die Schule wirklich eine Belohnung von zwanzig Euro zahlt, wenn ein Schüler den Schadensverursacher bei der Schulleitung anzeigt. Daraufhin habe ich ein langes Gespräch mit Jakob geführt und ihm versucht begreiflich zu machen, dass es nicht Sache der Kinder ist, sich gegenseitig für Geld anzuschwärzen. Das Schüler zusammenhalten sollten und in der Schule lernen sollten, sich gegenseitig zu unterstützen.

Seinen Kumpel für Geld zu verraten hat auch vor 2000 Jahren dem Judas kein Glück gebracht und das, was man in DDR-Zeiten verteufelt hat, als die Stasi dafür gesorgt hat, dass die Bürger sich gegenseitig bespitzeln, das sollen unsere Kinder direkt in der Grundschule lernen?

Damit es keine Missverständnisse gibt: Ich bin nicht dafür, einen Schuldigen zu decken, der beträchtlichen Sachschaden verursacht hat. Aber wenn sein Kumpel etwas weiß, dann könnte er doch den Verursacher selbst versuchen zu überreden, sich zu stellen. Und erst, wenn das nicht funktioniert, dann die Information an die Schule weitergeben – aber nicht für Geld!

An diesem Abend nun, während des Gespräches mit der Lehrerin auf dem Geburtstagsfest, stand ich, wie auch schon vorher mit meiner Meinung allerdings allein da. Die Dame lachte mich nämlich aus und rief: „Na, da sind sie aber billig, wir zahlen an unserer Schule 50 Euro!"

Während der anschließenden Diskussion kamen Gründe wie: „Anders kriegt man die ja nicht!" oder „Wieso, da ist doch nichts Verwerfliches dran, bei Aktenzeichen XY gibt's schließlich auch `ne Belohnung!" bis hin zu: „Ach was, das machen doch alle!"
Dieses Gespräch hat mich tagelang nicht losgelassen. Trotz ihrer sicherlich einleuchtenden Argumente kann ich von meiner Abneigung gegen den bezahlten Verrat nicht abweichen.

Irgendwie sträubt sich alles in mir, meinem Kind solcherlei „Werte" zu vermitteln, dass es richtig ist, seinen Kumpel zu verpfeifen, nur des Geldes wegen. Ich möchte, dass mein Sohn Kameradschaft lernt, für Andere einzustehen, Zusammenhalt und Rückgrat.

Schulen, in denen eine neue Generation kleiner Stasi-Spitzel herangezogen werden, die für Judasgeld einander verkaufen, um sich zu bereichern ist mir eine ziemlich gruselige Vorstellung! Und gerade der Satz: „Wieso, das machen doch alle!" - macht mir am meisten Angst........

Autofahren

Wenn man nicht mit Metro, Bus, oder Boot unterwegs war, dann brauchte man in Sankt Petersburg vor allem Eines: Zeit und ganz viel Geduld. Staus waren allgegenwärtig und meist auch langwierig.

Doch es gab da ein paar russische Spezialisten, die es mit ganzem Körper- , äh, ich meinte natürlich Autoeinsatz schafften, einen Stau zu umfahren. Zum Beispiel, indem sie mit zwei Rädern den fast kniehohen Bürgersteig erklommen und dann schräg gekippt rechts an der Schlange vorbeirollten. Andere wiederum gingen aufs Ganze und fuhren direkt auf dem Gehsteig oder der Flusspromenade. Und das nicht gerade langsam. War ja auch klar, man wollte so schnell wie möglich am Anfang des Staus wieder einfädeln, damit die Polizei einen nicht erwischte… Ganz gewitzte variierten ihre Stauumfahrung: Sie schalteten in den Rückwärtsgang und fuhren einfach rückwärts auf dem Bürgersteig zurück bis zum Stauende, dort gab es einen U-Turn auf die entgegenkommende Fahrbahn und schwupp – wieder drin im Straßengeschehen. Zwar in der falschen Richtung aber die nächste Querstraße kommt bestimmt.

Als wir dieses Verhalten zum ersten Mal sahen, dachten wir, dass der Rückwärtsfahrer den Stau so toll findet, dass er sich glatt hinten nochmal anstellten wollte.

Wenden auf einer Stadtautobahn ging natürlich auch. Und auch als LKW, da störte es auch nicht, dass hie und da ein kleiner ummauerter Grünstreifen im Weg stand…

Mit dem Auto nach Russland

Das Überführen unseres Autos funktionierte problemlos. Der großartigste Ehemann aller Zeiten hatte sich zuvor informiert und es waren alle notwendigen Papiere vorhanden und gültig. Die Überfahrt mit der Fähre von Travemünde nach Helsinki ging glatt wie ein Kinderpopo. Wir fuhren knappe 30 Stunden über die Ostsee, hatten super Wetter und einen vollkommen relaxten Urlaubstag. Für alle, die mit dem Auto eine solche Fährfahrt machen wollen: Vorsicht mit dem Alkohol auf dem Schiff!
Bei der Ankunft und Ausfahrt aus dem Hafen muss nämlich jeder Autofahrer ins Prüfröhrchen pusten! Und in Finnland liegt die Alkohol-Toleranzgrenze bei 0,0 Promille.
Die Fahrt durch Finnland war herrlich. Wie aus den Astrid-Lindgren-Geschichten, auch wenn die natürlich in Schweden spielten. Ich kann mich nicht erinnern, während der 350 km durch Finnland mehr als drei Häuser gesehen zu haben. Leider auch keinen Elch, obwohl überall Schilder standen. Was es aber in Scharen gab, oder vielmehr in Schwärmen, das waren Mücken! Dieses erlebten wir bei einer kurzen Pinkelpause in einem Waldweg. Der Angriff der aufgekratzen Blutsauger machte uns innerhalb von Sekunden zu Turbo-Pippinierern.
Das Prozedere an der Grenze dauerte insgesamt 1,5 Stunden, man musste ja in Finnland auch erst mal durch die Kontrollen. Die Beamten waren ausgesprochen freundlich und es ging alles reibungslos.
Dann folgten 150 km „echtes Russland". Die Straße (ich glaube, es gab innerhalb der nächsten 100 km rechts und links auch keine andere Straße) verlief schnurstracks geradeaus. Eine Spur in jede Richtung, rechts und links Wald. Und nur Wald. Offensichtlich war der Untergrund zu sandig für ein solch hohes Verkehrsaufkommen, denn die Schlaglöcher waren viel an der Zahl und mitunter knietief. Teilweise konnten wir nicht mehr als 50 km/h fahren, weil man die Biester sonst nicht rechtzeitig erkannte.
Und dann auf einmal: Eine alte Frau mit bunter Schürze und Kopftuch auf einem klapprigen Stuhl am Straßenrand. Mitten

in der Pampa. Mit einem Kinderwagen neben sich. Der großartigste Ehemann aller Zeiten und ich schauen uns ziemlich verdattert an und irgendwann meinte er: „Na, wollen wir mal hoffen, dass man hier nicht am Straßenrand Babys kaufen kann!"
Zum Glück war es dann aber ganz anders. Es wurden nämlich immer mehr Omas mit Kinderwagen, die offensichtlich morgens von ihren Familien dort ausgesetzt wurden mit den gesammelten Heidelbeeren, Obst oder Kartoffeln aus dem eigenen Anbau. Die Kinderwagen dienten also lediglich nur der Beförderung dieser Verkaufsgüter.
Ich war ja dagegen, den Kangoo mit nach Sankt Petersburg zu nehmen, mit dem Unkenruf, der Wagen wär ohnehin nach zwei Wochen geklaut. Vor allem, weil er ein deutsches Kennzeichen hatte. Aber zumindest nach dem ersten Jahr fuhr der großartigste Ehemann aller Zeiten noch immer jeden Morgen damit fröhlich zur Arbeit. Ich würde aber erst Abbitte für mein Schwarzsehen leisten, wenn wir nach unserer Zeit in Russland mit eben diesem Wagen auch wieder in Deutschland führen. Oder einem anderen Land…

Die Russen machen`s auch französisch

Einige Wochen lang wurde ungefähr fünfzig Meter von unserer Wohnung entfernt emsig in den ehemaligen Weingewölben im Keller gearbeitet. Interessiert verfolgten wir von unseren Wohnzimmerfenstern die Renovierungsarbeiten, so gut man das so aus der Entfernung sehen konnte und orakelten, was da wohl Tolles entstand. Von Versicherungsbüro bis Mobilfunkladen waren unsere Vermutungen breit gestreut.

Zum Ende der Arbeiten wurden kleine Laternen an der Hauswand angebracht und der Eingangsbereich (der großartigste Ehemann aller Zeiten sagte: „Viel zu kitschig!") eingerichtet. Von nun an lugten wir noch viel interessierter dem Treiben zu und endlich erschien auch mal ein „Firmenschild" über dem Eingang:

Legran

Aha. Französisch.

Und zu unserer Freude eröffnete ein Restaurant mit französischer Küche.

Eines Abends war es dann soweit. Wir waren so ziemlich die ersten Gäste, die der Laden begrüßen durfte und dies wiederum taten sie mit viel Enthusiasmus und Freundlichkeit. Leider nur mit einer russischen Karte und verbalem sehr, sehr rudimentären Englisch. Aber: No risk, no fun! Wir bestellten also einfach mal: „Chicken for the child, beef for the mother and pork for the greatest husband, ever."

Nach wenigen Minuten kam bereits ein kleiner Gruß aus der Küche. Ein super-leckerer Frischkäse-Mousse-Schaum mit einem Kleks Antipasti-Mix. Zwischendurch verkürzte man uns die Wartezeit mit verschiedenen Brotsorten und nach nur 20 Minuten kam das Essen. Und zwar alles komplett zur gleichen Zeit! (Das hatten wir bis dato in Petersburg ja noch nie erlebt…) Das Hühnchen vom Jakob war geküsst von einer feinen Soße, die Jakob am liebsten noch vom Teller lecken wollte, wenn ich ihm nicht gedroht hätte, ihm für vier Wochen die Süßigkeiten zu streichen, wenn er das täte! Der großartigste Ehemann aller Zeiten freute sich über einen deftigen Teller mit drei verschiedenen Schwein-Teilen (unter anderem eine dunkle Wurst mit dicken Stückchen, bei der es mich beim Ansehen schon geschüttelt hat, er meinte jedoch, sie sei ganz schmackhaft   ).   Und   ich   bekam   ein   Steak. Beschreiben kann ich das nicht, es war gegrillt und hatte irgendwie, irgendwas... ich weiß nicht was – aber ich habe beim Einschlafen noch davon geträumt, so lecker war das.

Leider kann man sich einen Besuch dort nicht häufiger leisten. Es sind eben nicht nur die Speisen gehobene Küche, sondern auch die Preise.

Auf gute Nachbarschaft!

Der Familie, welche schräg über uns wohnte, begegneten wir ab und zu im Treppenhaus. Es waren freundliche, höfliche Leute. Ein Ehepaar, so Mitte fünfzig, mit ihren erwachsenen Kindern, Schwiegertochter und sechsjährigem Enkelsohn.

Und weil man uns ja im Interkulturellen Seminar erzählt hat wie wichtig es ist, soziale Bindungen aufzubauen (und auch, weil ich gern wissen möchte, mit was für Leuten ich hier in einem Haus lebe), luden wir die Familie kurzerhand an einem Samstag zu einem Dinner ein. Und unsere Putzfrau Natascha als Dolmetscherin dazu. Denn ich wusste zwar, dass eine der Frauen etwas Englisch sprach, doch ob das für einen Abend reichte? Und außerdem fand ich es doch ziemlich unhöflich, von seinen Gästen zu verlangen, die Gespräche für die restlichen Familienmitglieder zu übersetzen.

Und weil man uns im Seminar auch beigebracht hat, dass die deutsche Kultur in Russland allgemein geschätzt würde, entschloss ich klassisch deutsche Küche zu kredenzen. Natürlich teilte ich es den Nachbarn auch mit, damit sie sich seelisch schon mal drauf vorbereiten konnten. Hätte ich dies nicht getan, dann wäre es mit der Kocherei allerdings einfacher gewesen! Wir klapperten die Supermärkte im Akkord-Tempo ab. Nach Kürbis, Estragon, Spargel, Rotkohl und Sauerkraut im Glas.... Und ergatterten von alldem nur einen Bruchteil. Spargel nur grün, Estragon in der Großhandelspackung (na, dann reichte es wenigstens die nächsten zehn Jahre), Rotkohl als Kopf und Kürbis natürlich auch direkt vom Feld. Hab ich schon erwähnt, dass wir immer alle Einkäufe in den vierten Stock schleppen mussten und es keinen Fahrstuhl gab?!

Na gut, meine Oma hat früher ja auch keinen Rotkohl im Glas gehabt, dann würde ich das halt so wie damals machen. Ich kann an dieser Stelle allen, die dies auch versuchen wollen nur im Vorfeld mitgeben: Zeit, Platz und gute Nerven sind die wichtigsten Zutaten... Bei mir war der Kohl nämlich nicht, wie im Rezept angegeben, nach 50 Minuten gar geköchelt, sondern blubberte über Stunden vor sich hin und war am Ende immer noch ziemlich bissfest. (Musste irgendwie mit dem russischen Rindfleischverwandt sein!) Nun ja, geschmeckt hat es jedenfalls alles ausgezeichnet.

Sie kamen, wie es sich für Russen gehörte, 10 Minuten später. Das machte man in Russland so, um den Gastgebern nochmal Gelegenheit zu geben, einmal durch zu schnaufen, bevor der Besuch kam. Wie immer gab es im Hause Howe die bewährte Arbeitsteilung: Frau kümmerte sich um das Essen und der großartigste Ehemann aller Zeiten versorgte die Gäste mit den Getränken ihrer Wahl. (Diese Aufgabe beinhaltet nun natürlich auch das Aussuchen und Einkaufen der Getränke).

Die Frauen fingen mit Bier an und die Herren hätten gern, was auch sonst, Wodka. Und nun war der großartigste Ehemann aller Zeiten in der Bredouille, denn Wodka hatte er nämlich beim Einkauf vergessen und entschuldigte sich mit roten Ohren bei seinen Gästen.

„Aber das macht doch nichts! Dann hol ich eben meinen!" Rief unser Nachbar fröhlich und spurtete in seine Wohnung, um kurz darauf mit einer eiskalten Flasche des Russenwassers zurück zu kommen. Ich war einen Augenblick verwirrt, denn in Deutschland wäre das eine grobe Unhöflichkeit, dem Gastgeber unter die Nase zu halten, er habe bei der Getränkeauswahl versagt.

Ob das in Russland normal ist, weiß ich nicht, doch wenn nicht, dann haben sich die übrigen Familienmitglieder jedenfalls nichts anmerken lassen. In diesem Moment war Natascha die Rettung, sie übernahm fröhlich und gekonnt die Konversation und schwupp, war die Situation wieder entspannt. Es wurde ein anregender und humorvoller Abend an dem viel gelacht wurde. Man stellte fest, dass wir alle schon mal in Dresden waren, dass Petersburg auf jeden Fall die schönste Stadt der Welt war, sie lobten das deutsche Essen, wir die russische Kultur und der großartigste Ehemann aller Zeiten wurde mehrmals genötigt, am Wodkatrinken teilzunehmen. Immerhin habe ich gelernt, dass man auf jeden Fall den Salat-Teller nicht abräumen darf. Und wenn da Oliven und Gurken mit dabei sind, ist es fürs Wodka-Trinken perfekt. Zu jedem Glas Wodka gehört nämlich ein Bissen!

Nach zwei Stunden und zwar auf die Minute genau zwei Stunden, klatschte die ältere Dame in die Hände und die ganze Familie erhob sich, bedankte sich herzlich für die Einladung und erwähnte, dass eine Gegeneinladung nicht lange auf sich warten lassen würde. Den restlichen Wodka schenkte unser Nachbar dem großartigsten Ehemann aller Zeiten, damit er auch mal was Gutes bekam.

Gut zu wissen, dass man eine Einladung zum Dinner nach zwei Stunden offenbar verlässt! Denn das wäre ja peinlich, wenn wir irgendwo eingeladen wären und hätten dieses Wissen nicht…

Es war auf jeden Fall ein tolles Erlebnis und wir haben eine ganze Menge über diese Familie erfahren. Und wenn das jüngere Paar uns mit dem kleinen Sohn im Hausflur entgegen kam, dann wurden erst mal die Einkaufstüten abgestellt und es gab ein kurzes Pläuschchen. Na dann: Auf gute Nachbarschaft!

Ausflüge

Der Sommer neigte sich dem Ende entgegen. Ende August wurde es abends bereits gegen 22 Uhr dunkel und dafür erst um halb sechs morgens wieder hell.. Die Temperaturen sanken auf angenehme um die 20 Grad und es regnete vermehrt. Zum Glück meist nur kurze Schauer. Den Ausklang des Sommers bemerkte man auch daran, dass weniger Touristenbusse in der Innenstadt unterwegs waren.

An einem Wochenende war der großartigste Ehemann aller Zeiten mit Jakob zum Astronautentraining in einen Freizeitpark auf einer der Inseln gefahren. Die sind den ganzen Tag in irgendwelchen Hochgeschwindigkeits-Fahrgeschäften herumgegurkt, die keine Dimension auslassen, den Körper samt Zellkerne durchschütteln und die DNA-Stränge bis zur Belastungsgrenze malträtieren. Ich durfte daheim bleiben, weil der großartigste Ehemann aller Zeiten der Meinung war, ich stünde diesem Vergnügen zu negativ gegenüber und wäre der juxigen Stimmung nicht gänzlich zuträglich. (Wie kam er nur auf solche Gedanken?!) Jedenfalls freute ich mich auf einen ruhigen Tag allein und genoss ihn in einer gefüllten Badewanne und einem guten Buch... Für solcherlei Unternehmungen waren Männer ja auch viel besser geeignet. Genau wie für einen Ausflug zur Skater-Bahn. Ich konnte mir nichts Langweiligeres vorstellen, als stundenlang neben irgendwelchen „Pipes" zu stehen und zuzuschauen, wie mein Sohn auf einem Rollbrett hin und her fährt! Und zwischendurch in seinem Können durch lautstarke Bewunderung bestätigt werden wollte. Irgendwann kam dann natürlich auch immer der Sturz, die blauen Flecken und das obligatorische Hautabschürfen mit den damit verbundenen Schmerz-Tränen. Und natürlich diesem erschütterten „Wie-konnte-das-nur-passieren?"– Blick. Jaja, Unfälle dieser Art sind bei einem derart rasanten Hobby wirklich kaum vorhersehbar. Darum war mein Sohn auch immer voll der Bewunderung, dass ich tatsächlich Pflaster und Desinfektionsmittel dabei hatte. Und ein paar Trost-Gummibären gegen die Krokodilstränen...

Ich war da eher für das Kulturprogramm zu haben. Wir begaben uns in den Vorort Puschkin und besichtigten den Katharinenpalast. Als wir ankamen gab es gerade einen Wolkenbruch, der das Wasser wie Bindfäden auf uns niederregnen ließ. Zum Glück konnten wir uns unterstellen. So kam es, dass die Warteschlange vor dem Palast auch gar nicht lang war, als wir uns dann bei den letzten Tropfen anstellten. Das Gebäude war wunderschön (und herrlich kitschig!). 1945 haben die Deutschen in Puschkin fast alles niedergebrannt. Auch diesen Palast und er wurde aufwändig restauriert und erstrahlte nun wieder in seinem ehemaligen Glanz. Die haben schon nicht schlecht gelebt, die Herrschaften Zaren! Und dann standen wir im Nachbau des Bernsteinzimmers. Und zwar knapp 10 Minuten ganz allein, nur die Wachfrau saß natürlich am Fenster. Offenbar hatten wir genau die Zeit zwischen zwei großen Reisegruppen erwischt. Es war wirklich sehenswert. So viele kleine Dinge, die man dort entdecken konnte. Soviel Kunstfertigkeit, es war schier überwältigend!

Die Eintrittspreise waren eigentlich moderat. Der großartigste Ehemann aller Zeiten hatte einen Ausweis, auf dem bestätigt war, dass er in Russland lebte und arbeitete. Dadurch bekamen wir russische Preise, die weit unter dem lagen, was Touristen bezahlen mussten.

Wenn man einiges anschauen wollte, dann lepperte es sich mit den Eintrittspreisen. Daher war es schon ein Unterschied, ob man 500 Rubel als Tourist – oder eben nur 150 Rubel als Russe bezahlen musste.

Regentage

Scrabble ist eigentlich ein großartiges Spiel und gerade für Jakob sehr lehrreich, weil er dabei ein wenig Rechtschreibung lernte. Ich war immer wieder überrascht, was dieses Spiel selbst in den Gehirnen erwachsener Männer auslösen kann! Bekanntlich war der großartigste Ehemann aller Zeiten ja nicht unbedingt phonetisch überaktiv. Aber bei diesem Spiel schwang er sich zu kreativen Wortkompositionen auf, dass mir fast schon bange wurde! Gut, dass bei Jakob die Lust am Spiel erhalten bleiben soll und ich mit zwei zugedrückten Hühneraugen seinen „Eisdom" gelten ließ, ist eine Sache. Aber eine Weile später blitzte es ganz verdächtig in den Augen des großartigsten Ehemannes aller Zeiten. (Ein untrügliches Zeichen dafür, dass er etwas im Schilde führte!) Und dann legte er allen Ernstes mit einem süffisanten Siegerlächeln das Wort: „Rodeotag"! Ich habe mich dafür revangiert, indem ich vor seine „Fee" ein „böse" legte und es als sehr bekannten Namen einer ebenfalls sehr bekannten Märchenfigur deklarierte. Von diesem Zeitpunkt an hatte diese Spielrunde immens an Ernsthaftigkeit verloren…

Wenn es draußen Katzen und Hunde regnete, stellen wir uns öfter ans Fenster und schauten mit einer guten Portion Schadenfreude dem Treiben auf der Straße zu. Die Regenrinnen gingen nämlich nicht, wie in Deutschland in die Erde, sondern direkt auf den Gehweg! Alle paar Meter waren dann eben kleine Rinnen im Boden, man musste beim Entlanglaufen auf dem Bürgersteig gut achtgeben, dass man sich nicht den Fuß verknackste… Aber diese Rillen konnten die gewaltigen Wassermassen nicht wirklich aufhalten und innerhalb weniger Momente liefen die armen Fußgänger im Land unter und das an manchen Stellen knöcheltief. Mit HighHeels, versteht sich. Und an manchen Stellen waren die Dachrinnen wohl auch verstopft oder kaputt. Dann lief es oben über und ergoss sich als wahrer Wasservorhang auf die Fußgängerinnen mit ihren aufgespannten Schirmen die vergeblich versuchten, die durchgestylten Frisuren und ihr perfektes MakeUp zu schützen! Einmal war eine junge Dame dabei, welche in der einen Hand ihren Schirm festkrallte und in der anderen eine Einkaufstüte trug. Sie war mit einer weißen Bluse bekleidet und der großartigste Ehemann aller Zeiten hätte seine Freude daran gehabt, als diese durchsichtig wurde. Wer dieses Schauspiel ein paarmal miterlebt hat, vergisst nie wieder seinen Regenschirm, wenn es draußen dunkle Wolken gibt!

Zitterpartie

Der 1. September war traditionell der erste Schultag. Und zwar in ganz Russland. Auch wenn es, wie in jenem Jahr, ein Samstag war. Das hat sogar noch den nicht zu unterschätzenden Vorteil, dass die arbeitenden Väter auch mit an der Einschulungszeremonie teilnehmen konnten und Ausreden wie „Ich muss leider arbeiten" unglaubwürdig erschienen.

Die Deutsche Schule in Sankt Petersburg war erst ein paar Jahre vor unserem Aufenthalt in Sankt Petersburg gegründet worden. Die Klasse 10 wurde daher lediglich zwei Schülern besucht, dafür wuchs es von unten umso kräftiger nach. Die erste Klasse wurde am Einschulungsmorgen mit mehr als zehn Kindern in die Schule aufgenommen. In Jakobs vierter Klasse saßen elf Kinder an ihren Tischen in einem super-süßen und kuscheligen Klassenraum. Zwei Lehrerinnen kümmerten sich um die Wissens-Schwämme, die ihnen den Lehrstoff von den Lippen saugten. Das hofften wir als Eltern jedenfalls. Wenn man die überfüllten Klassenräume in Deutschland so anschaute, dann war das geradezu Luxus. Schul-und Lern-Luxus, sozusagen!

Fast schon dekadent (der großartigste Ehemann aller Zeiten meinte aber, dass ich da wohl doch etwas übertriebe, immerhin brächte es doch einen Vorteil für die Gesellschaft und diese gehe wohl kaum davon unter, wenn Kindern das Lernen nicht noch erschwert würde.)

Als Eltern hatten wir die Einschulungen unserer Kinder in Deutschland noch gut vor Augen. Man saß auf viel zu kleinen Bänken oder Stühlen in irgendeiner halligen Turnhalle, in der die kleineren Geschwisterkinder krakeelten und die Erwachsenen sich lautstark begrüßten. Der Rektor sprach ein paar Worte, die Kinder gingen mit ihren Lehrern in die Klassen und irgendwann holte man sie dort ab und ging mit seinem Spross nach Hause. In Sankt Petersburg durften wir allerdings erleben, wie es auch sein kann:

Ich weiß nicht wie, doch der Sommer hatte es geschafft sich klammheimlich und höchst unbemerkt aus dem Staub zu machen. Noch dazu ohne wenigstens mit einer ganz klitzekleinen

Hitzewelle nochmal „tschüss" zu sagen. Hatte er wohl nicht nötig, der russische Sommer. (Ich habe mir vorgenommen, mich bei Petrus darüber zu beschweren, wenn ich mal in den Himmel komme!)

Nachdem wir zwei Wochen vor dem ersten Schultag noch am Strand und im Meer waren, standen wir an diesem Morgen bei ermunternden 6 Grad Celsius auf dem Schulhof. Da waren wir schlagartig hellwach! Ich war heilfroh, einen Mantel dabei gehabt zu haben, Jakob in seiner Übergangsjacke und der großartigste Ehemann aller Zeiten in seinem Jackett froren lange vor mir. Vielleicht sollte man im nächsten Jahr einen Glühweinstand mit Kinderpunsch aufstellen und Decken verteilen?

Im Gegensatz zu sonstigen öffentlichen Veranstaltungen war die Mikrophon Anlage diesmal eher zu leise, man musste sich schon sehr anstrengen, das Gesagte zu verstehen. Aber das lohnte sich! Die Reden waren kindgerecht und nicht zu lang, doch herzlich und voller Elan. Für die nichtdeutschen Eltern wurde der Brauch der Schultüte erklärt und dann hat tatsächlich jedes Kind der ersten Klasse von der Schule (!) eine Schultüte mit seinem Namen überreicht bekommen und wurde per Handschlag und mit einem „Herzlichen Glückwunsch!" in die Schule aufgenommen. Ich hatte einen richtig dicken Kloß im Hals, so feierlich war das. Und die Kinder haben gestrahlt, als hätten sie gerade ihr Abitur bestanden. Herrlich! Aber richtig Wasser haben wir in die Augen bekommen, als der älteste Schüler und das kleinste Mädchen aus der neuen ersten Klasse gemeinsam mit einer Handglocke das neue Schuljahr „eingeläutet" haben. Eine ganz tolle Idee. Der großartigste Ehemann aller Zeiten hat sich auch verstohlen ein Tränchen weggedrückt. Vielleicht hat ihn diese Situation auch an den Einzug der Fußball-Nationalspieler erinnert, die haben auch einen ganz kleinen Fußballer an der Hand, wenn sie ins Stadion kommen…

Der Generalkonsul war ebenfalls anwesend und darum habe ich mich vorsichtshalber ganz unauffällig nach hinten gestellt…Die Situation im Buddy-Bären-Park war mir noch immer peinlich.

Als die Kinder dann mit ihren Lehrern in die Klassenräume marschiert waren, gab es für die Eltern eine Elternversammlung, in der organisatorische Dinge weitergegeben wurden und die Verantwortlichen der Schule und des Elternrates sich und ihre Aufgaben vorstellten. Wir waren ziemlich durchgefroren und leider wurde das dort oben nicht besser, da die großen Dachfenster über uns weit offen standen und sich wieder einmal das physikalische Gesetz bewahrheitet hatte, welches behauptet, dass kalte Luft nach unten sinkt. Tut sie. Und zwar direkt auf mich. Brrr, war mir kalt!

In den meisten Schulen ist eine solche Versammlung eher eine lustlose Pflichtveranstaltung, in der es ohnehin keine wirklich neuen Erkenntnisse zu erlangen gibt. Hier jedoch wehte nicht nur die kalte Brise durch das Fenster hinein, sondern es fegte ein dynamischer, mitreißender Schulwind durch die Gemüter. Voller Tatendrang und Euphorie, beseelt von dem glühenden Willen, die Kinder dieser Schule nicht nur mit dem nötigen Wissen zu versorgen, sondern sie in allen Bereichen ihrer Seele stark zu machen für dieses Leben, in welches sie irgendwann entlassen werden würden.

Da war nichts gespielt oder vorgetäuscht. Die Lehrer freuten sich tatsächlich auf ihre Aufgabe, ihre Arbeit. Und es wurde ganz oft betont, dass man sich auf die Zusammenarbeit mit dem Elternhaus freue. Man bat um Anregungen, Ideen, Hilfen und offene Worte.

Als Jakob drei Wochen vor Ferienbeginn zum Hineinschnuppern am Unterricht teilgenommen hatte, war mir das nur in wenigen Momenten aufgefallen. Aber an diesem Morgen nahm mich dieser frische Schulwind und ich beschloss, die Herrschaften beim Wort zu nehmen. Ich würde meine Segel hissen und mich in die Richtung begeben, in die sie segeln wollten, würde meine Bedenken über Bord werfen, welche ich aus schlechten Erfahrungen mit deutschen Schulen sammeln musste. Meine Kreativität und meine Ideen würde ich anbieten, vielleicht war etwas dabei, was sie gebrauchen könnten?

Denn dieser Morgen hatte die Hoffnung genährt, eine deutsche Schule gefunden zu haben, die das Vertrauen, welches wir Eltern in sie setzten, verdient zu haben.

Eine Konsequenz aus diesem ersten Schultag hatte sich aber bereits am ersten Tag eingestellt: Ich hatte mir einen tüchtigen Schnupfen geholt!

Man zeigt, was man hat

Was für die modebegeisterte Frau die Laufstege der Welt waren an denen sie mit sehnsuchtsvollen Blicken hängen blieb, wenn diese im Fernsehen ausgestrahlt wurden, so waren das für die Männer die schicken Autos. In Sankt Petersburg musste Mann sich allerdings dafür nicht vor den Bildschirm hängen oder Fachzeitschriften von Autohäusern durchblättern. Hier fuhren die Maybachs, Porsche, italienische Nobelschlitten und alles andere, was in irgendeiner Weise ausgefallen und vor allem teuer war alltäglich über die russischen Straßen.

So war es auch zu erklären, dass in den Außenbereichen der Restaurants auf dem Newski-Prospekt die Männer mit leuchtenden Augen ihre Zeit mit dem Anschauen der Karossen-Parade verbrachten. Obwohl diese Tische vor der Lokalität nicht unbedingt lauschig waren, so an der lärmigen Hauptverkehrsstraße und den Massen an Fußgängern, die sich über die überfüllten Gehsteige schoben.

Da saßen sie, mit ihren teuren Armbanduhren (ist das eigentlich genetisch festgelegt, dass Männer ein Faible für Uhren haben, während sich Frauen doch eher für einen Diamantring begeistern lassen?) und ihren angesagten Sonnenbrillen hinter ihrem Cappuccino und begutachteten die Kompensions-Lieblingsstücke der superreichen Autobesitzer. Das machte das Einkaufen für die Damen natürlich auch angenehmer. Statt einen gelangweilten Mann mit durch die Boutiquen zu schleifen, setzten sie ihn einfach im Straßencafé ab, da hatte er stundenlang was zu gucken. Wie Praktisch! Und wenn nur genügend Augenweiden vorüber gefahren waren, würde der Herr später nicht einmal auf die Idee kommen, zu fragen, um wie viel sie seine Kreditkarte erleichtert hatte.

Jaja, ich schaute ja auch gern hin. Allerdings etwas weniger emotionslos als der großartigste Ehemann aller Zeiten, der bereits erhöhten Herzschlag bekam, wenn ich ihn fragte, wie man „Maybach" buchstabiert...

In einem solchen Luxusfahrzeug wäre ich hier im Verkehr auch tausend Tode gestorben. Allein bei dem Gedanken, was es kostete eine Beule oder eine Schramme zu richten stellten

sich alle Nackenhaare auf. Mit unserem Renauld Kangoo dagegen fuhr es sich in dieser Hinsicht wesentlich entspannter!
Ich hatte mal überlegt, ob Renault auch irgendwelche Luxus-
Karossen baute, sie sich auf einer solchen Promenade hätten
sehen lassen können – aber wohl nicht... Die französische
Autofirma, mit der wir uns durch den Verkehr bewegten, war
dann wohl doch eher etwas fürs Volk.

Die Sache mit der Energie

Während wir in Deutschland versuchten Energie zu sparen und uns dreimal überlegten, ob wir den Lichtschalter betätigten, nahmen es die Russen in dieser Hinsicht wesentlich gelassener. Gas gab es schließlich genug!   So kam es, dass das Licht im Treppenhaus immer brannte. Jedenfalls solange, bis es kaputt war. Es gab keinen Schalter, an dem man es hätte ausknipsen können. Irgendwo hatte der Staat da einen zentralen Knopf, wir selbst konnten es jedenfalls nicht steuern. Ebenso verhielt es sich mit der Heizung.

Eines Tages beschloss die russische Regierung „Winter befohlen!" und dann wurden alle Heizungen angestellt. Ob man das nun wollte oder nicht. Dabei galt das „Ganz oder gar nicht" – Prinzip. Also entweder heiß oder kalt. Eine angleichende Regelung der Raumtemperatur war nicht möglich. Auf meine Frage hieß es mit einem leichten Schulterzucken „Wenn zu warm, dann Fenster auf!"   - Aha.

Der Tag, an dem beschlossen wurde, die Wohnungen kuschelig warm zu machen, musste nicht unbedingt mit der Wetterlage zu tun haben. Es konnte durchaus sein, dass die Temperaturen bereits vor „Winter befohlen!" wochenlang in eisige Tiefen gestürzt waren, ohne dass die Regierung eine Notwendigkeit sah, die Häuser zu heizen. Winter war eben erst dann, wenn die Regierung beschloss, dass Winter war! Bis dahin musste man sich warm anziehen, Elektro-Heizkörper benutzen oder mit dem Parkett ein Lagerfeuer im Wohnzimmer machen.

Im Frühjahr dann das genaue Gegenteil, eines Tages war die Heizung dann einfach aus. Auch, wenn in den Straßen noch Schnee geräumt wurde und die Eisblumen Bilder an die Fenster malten.

Das war die Zeit, als ich dringend mit dem großartigsten Ehemann aller Zeiten nochmal über den Pelz sprach, den ich nun vielleicht doch... Aber ich bekam keinen Pelz, sondern den Hinweis, dass der Skianzug genauso warm hält und schließlich getragen werden sollte, wenn ich schon kein Ski fahren mochte.

Auch das Umweltbewusstsein war in Russland nicht so präsent, wie in Deutschland. Es gab genügend Arbeiter der Straßenreinigung die weggeworfenes Papier, Dosen, Flaschen und alles was halt einfach auf die Gehwege fallen gelassen wurde, aufsammelten. Dieses Benehmen war eigentlich nicht so richtig nach zu vollziehen, da in der Innenstadt alle zehn Meter ein Abfalleimer stand.

Gerade während der weißen Nächte sah es frühmorgens in den Straßen aus, wie auf einer Müllkippe. Es fuhren jeden Morgen große Reinigungsfahrzeuge durch die Straßen, die mit einem vorgebauten Wasserwerfer den ganzen Dreck von der Fahrbahn fegten, den die nachkommenden Entsorger dann einsammeln konnten.

Das waren aber nicht nur die feiernden Russen, sondern auch die vielen Touristen, die die Nacht zum Tag machten, als gäbe es kein Morgen.

Aufklärung

Nun waren wir „schon" drei Monate in Russland. Die Testleser der „Berichte aus Sankt Petersburg" waren zum größten Teil verlässlich mit ihrem Feedback. Und das dies wichtig war, stellte sich nun heraus: Eine Leserin unterhielt sich nämlich mit ihrer Freundin darüber, dass Familie Howe nun in Russland residiert. Und diese Freundin fragte nun, ob es uns denn hier gefiele. Und darauf hatte meine Leserin keine Antwort. Ja, gelesen hatte sie die Berichte eifrig. Konnte daraus aber nicht sicher beurteilen, ob wir gern in Petersburg lebten.

Um diese Frage aufzuklären: Ja, wir fühlten uns sauwohl!

Es war sicherlich nicht alles super-toll und es gab auch Tage zwischendurch, an denen der Verkehr dem großartigsten Ehemann aller Zeiten auf die Nerven ging. Oder ich keine Geduld hatte, im Laden mit Händen und Füßen und einem Blatt Papier zu erklären, dass ich ein Backthermometer suchte. Es gab Tage, an denen Jakob seine Freunde in Deutschland vermisste und es hier total blöd fand.

Aber diese Tage waren die Ausnahme. Eigentlich genossen wir das pulsierende Leben in der Stadt. Die unendlichen Möglichkeiten, sich die Zeit zu vertreiben. Die Menschen, die man neu kennenlernte und all die fremden Eindrücke, die bald vertraut und gar nicht mehr fremd waren. Und auch das Aneinanderrücken als Familie, das gegenseitige Unterstützen und Nachfragen tat sehr gut. Ja, wir waren gern in Sankt Petersburg und ich hoffte und wünschte, dass dies auch so bleiben würde.

Vielleicht könnte man es so beschreiben: Es war nicht alles Gold, was glänzte – aber es sah verdammt gut aus!

Es könnte ja sein, dass meine Art zu schreiben vielleicht den Eindruck erweckte, ich stünde der Stadt und den Menschen in Russland negativ gegenüber. Dem war wahrlich nicht so! Aber wenn die kompensationsbedürftigen Neureichen mit ihren dicken Luxus-Schlitten ihren Motor bis zur Schmerzgrenze aufheulen ließen, um den Wagen dann bis zur nächsten Ampel mindestens auf 300 km/h zu beschleunigen, dann konnte es schon mal sein, dass ich in meinen Texten mit einem süffisanten Augenzwinkern darüber berichtete.

Bei solchen Nobelschlitten stellte ich mir immer vor, wie es wohl ausgesehen haben muss, als der Kunde dieses Auto kaufte. In Russland ging Mann nämlich in ein Autohaus, guckte sich das Objekt seiner Begierde dort an, vielleicht setzte er sich sogar hinein. Vielleicht. Dann jedenfalls ließ er sich den Preis sagen und ging wieder. Aber nur, um ein paar Stunden später mit einer Tüte voller Geldscheine wieder dort aufzukreuzen. Der Russe bezahlte seine Autos nämlich in der Regel bar und nahm es dann auch direkt mit... Wie wohl ein deutscher Verkäufer gucken würde, wenn jemand mit einer Aldi-Tüte voller Scheine einen Neuwagen bezahlen wollte?!

Fußball-Oper

Sankt Petersburg. Diese Stadt rühmte sich ihrer erstaunlichen Geschichte, ihrer einzigartigen Museen, ihrer kulinarischen Besonderheiten und der kulturellen Vielfalt. Nun war Jakob kein Museums- oder Kulturmuffel, er ging gern mit und ließ sich auch für Pinakotheken oder Architektur-Kunst begeistern. Nachdem wir jedoch in den Ferien einige Museen durchlaufen und uns satt gesehen hatten am Prunk der Zarenzeit, war es nun auch mal angebracht, dem kleinen Jungenherzen einen lang gehegten Wunsch zu erfüllen: Ein Besuch im Fußballstadion! Ein Bekannter war so nett Tickets für uns zu besorgen, das war nämlich gar nicht so einfach, weil die Plätze ganz schnell ausverkauft waren. Der großartigste Ehemann aller Zeiten glänzte bei diesem Ereignis durch Abwesenheit, da er sich derzeit geschäftlich in Deutschland aufhielt. Der Sohn dieses Bekannten konnte ebenfalls nicht teilnehmen, da ihn eine fiebrige Grippe plagte, also nahmen wir Jakobs Schulkameraden Malte mit.

Ich hatte bereits Tage vorher allein bei dem Gedanken an Fußball den Angstschweiß auf der Stirn. Denn dieser Sport fand bei mir im Allgemeinen und im Besonderen keine große Zustimmung. Die Aussicht, mit mehreren zehntausend fanatisch grölenden Fans in einer Arena zu sitzen und hinterher in einer Massenschlägerei umzukommen, fand ich nicht besonders erstrebenswert. Mein bester Freund in Deutschland beruhigte mich damit, dass es in der Vergangenheit immer wieder Menschen gegeben haben soll, die einen solchen Besuch im Stadion überlebt haben. Und weil ich ihm vorbehaltslos vertraute, schrieb ich vorsichtshalber mein Testament und fuhr dann mit den Kindern zum Stadion. Bepackt mit Decken, Handschuhen und Mützen, als stünde der Wintereinbruch in dieser Nacht unmittelbar bevor (Es war Anfang September).

Mein Bekannter war bereits dort und die Augen der Buben leuchteten, als sei Weihnachten! Massen an Menschen drängten sich durch enge Sicherheitstore und dann mussten wir durch ein Spalier von dick gepanzerten, behelmten und schwer bewaffneten Polizisten marschieren. Ich kam mir vor wie ein

Schwerverbrecher auf dem Weg zum Schafott und spielte kurzzeitig mit dem Gedanken, mich vor ihnen auf den Asphalt zu werfen und nach Gnade zu winseln... Ließ es dann aber sein, weil mein Sohn das vermutlich peinlich gefunden hätte.
Ich hatte für die Kinder diese kleinen Trinkpäckchen eingekauft. Die mit dem Strohhalm an der Seite. Also keine Dose oder Flasche. Half nix, die durften nicht mit rein. Nun ja. Aber da es wohl unsinnig ist, mit einer bewaffneten Sicherheits-Kontrolleuse zu diskutieren, haben wir zwei von zehn Trinkpäckchen vor Ort ausgetrunken und weggeworfen und den Rest tiefer in die Sofadecken geschoben. Jetzt waren sie nicht mehr tastbar und kamen wunderbar durch die restlichen drei Kontrollpunkte. (das schaffte nicht unbedingt Vertrauen....)
Und dann standen wir also vor den bedrohlich aufragenden Rundmauern. Techno-Musik brüllte uns in die Ohren, die Menschenlawine schob und drängte uns an den Toren vorbei. Ich bekämpfte die aufsteigende Panik erst einmal mit dem Kauf von Hot-Dogs. So waren auch die Kids schon mal abgefüttert. Die bebroteten Würstchen kosteten ungefähr so viel, wie ein Glas Schampus in einem Bordell. Aber es wirkte auf jeden Fall beruhigend.
Der erste Blick ins Innere war beeindruckend. Und die Atmosphäre geladen mit Vorfreude. Mein Bekannter ging voraus und ich war kurz irritiert: Er spazierte auf die Presse-Tribüne zu. Dort, wo die große Übertragungs-Fernsehkamera stand und die Sportmoderatoren aus aller Welt mit Kopfhörern und Mikrophonen den Spielverlauf für Jene kommentieren, die nicht live im Stadion dabei sein können. Und tatsächlich, unsere Plätze waren direkt neben der Kamera. Für die Jungs natürlich super-spannend! Hinter uns war die VIP-Lounge und wir hatten einen ganz tollen Blick auf das ganze Stadion. Unten wärmten sich die Sportler auf und langsam füllten sich auch die letzten Plätze. Der attraktive Herr, der sich neben mich setzte sprach deutsch und es stellte sich heraus, dass er der Kanzler der Schweizer Botschaft in Sankt Petersburg war. Sein Kollege, links neben ihm, arbeite auch dort. Aha. Wie klein die Welt doch ist: Maltes Vater ist nämlich zufällig sein deutsches Pen-

dant. Und da er Maltes Vater kannte, wurden wir denn auch gleich mit Grüßen beauftragt. Aber gerne!

Neben unseren Sitzreihen war ein hoher Zaun. Und das war gut so. Direkt danach kam nämlich die Fankurve! Diese Menschen zeichneten sich durch eine unglaubliche Kondition aus, sie tanzten und hüpften, sie klatschten und trommelten und sie sangen. Sie sangen ihre Fangesänge von der ersten Spielminute an, bis zum Schluss! Und die Lieder wiederholten sich kaum, es war die reinste Fußball-Oper! Und das in einer Lautstärke, die einem schier die Ohren sprengte. Ich hatte zum Glück Oropax dabei. Gotthilf Fischer hätte vor Freude über einen solchen Chor vermutlich direkt das deutsche Liedgut in Lobgesänge für „Zenit Sankt Petersburg" umgedichtet, um diede Bande dirigieren zu dürfen. Die Mannschaft „Zenit" war übrigens die beste Fußballmannschaft Russlands. Auf Platz 1. Also, jedenfalls bis zu diesem Abend...

Von Respekt gegenüber dem Gegner oder gar Fairness hielten die fußballbegeisterten Arenengucker nicht sehr viel. Während die eigene Mannschaft mit einem Getöse willkommen geheißen wurde, dass schier der Rasen beben ließ, wurden die auswärtigen Sportler ausgepfiffen und ausgebuht, was die Lunge hergab. Der Fanblock dieser Mannschaft war übrigens denn auch ziemlich mickrig. Es saßen höchstens 100 Menschen dort, diese wurden aber mit mächtig, mächtig viel Polizei beschützt!

Das Spiel selbst war spannend, das fanden jedenfalls die Jungs. Ich habe nur die Hälfte davon mitbekommen, weil drum herum ja so viel los war! Kurz vor der Pause gab es in der Fankurve eine kleine Schlägerei, die sich über mehrere Sitzreihen erstreckte, doch schnell wieder aufhörte. Oh, was war ich froh, nicht dort zu sitzen! In der Pause besorgte uns unser Bekannter dann Bier. Weil das doch zu einem richtigen Fußballspiel dazu gehörte! Allerdings alkoholfrei. Man bekam im Stadion keinen Alkohol. Und das war angesichts der tobenden emotionsgeladenen Menschenmasse auch ganz gut so!

Umso erstaunlicher kam es einem dann vor, wenn man sich bewusst machte, dass Tausende Fans von der ersten bis zur letzten Minute Party machten, als gäbe es kein Morgen – und das alles stock-nüchtern!!!

Nach der Pause war es unangenehm kühl auf den Tribünen. Da wir ja arktisch für das Schlimmste ausgerüstet waren, hatten wir damit aber keine Probleme. Die Mitarbeiter der Schweizer Botschaft neben mir allerdings schon. Und so lud ich den Herrn Botschafter denn kurzerhand ein, mit mir unter einer Decke zu stecken, was er auch erfreut annahm. Und für seinen Kollegen war auch noch eine Sofadecke im Rucksack. Während wir uns also vor dem Erfrierungstod schützten, waren die Fans aber von ganz anderen Gefühlen erfüllt: Bei einem Blick in die Kurve neben uns hüpften plötzlich jede Menge nackte Körper vor meine erschrockenen Augen. Die hatten sich doch tatsächlich aus schierer Lebensfreude ihre Mannschaft zu sehen, die Kleider vom Leib gerissen. Es müssen so um die 80 gewesen sein, schätzte der Herr neben mir. Die Kinder hatten dafür nur ein: „Iiieeehhh!" übrig. Und ich muss ihnen zustimmen – hübsch waren diese tanzenden weißen Bierbäuche wirklich nicht!

Als wäre das nicht schon genug Show, zündeten sie eine Weile später denn auch noch Feuerwerk und Rauchbomben mitten zwischen den Leuten! Der Rauch war so dicht, dass man nicht mal mehr das Spielfeld erkennen konnte. Und Leuchtraketen flogen zischend durch die Luft und landeten zum Teil auf dem Rasen zwischen den Spielern. Eine davon klapperte beim Herunterkommen auf das Metalldach über uns. Ja, ich hatte Angst! Da kam denn nun auch mal eine Ermahnung vom Stadionsprecher, dass dies doch zu unterlassen sei, sonst müsse man das Spiel abbrechen.

Wenn man seine Mannschaft nun also das Spiel über angefeuert hat, den Regen für die nächsten zehn Jahre nackt ertanzt hat, Feuer gemacht und dem Gegner einen Tinnitus ins Ohr gepfiffen hat, was könnte man sonst noch machen? – Richtig: Einfach mal über das Spielfeld laufen. Und der Kerl war schnell! Die Sicherheitskräfte mussten ganz schön spurten, um den Flitzer einzufangen.

Aber alles hat nichts geholfen. Zenit verlor das Spiel in den letzten zehn Minuten tatsächlich noch mit 0:2. Jetzt wurden die Fans ganz still. Viele gingen bereits vor dem Schlusspfiff. Und ließen die Mannschaft, die eigentlich toll gespielt hatte, einfach im Stich und machten sich enttäuscht vom Acker.

Während sich also fast schon gespenstische Ruhe ausbreitete, klang von der gegenüberliegenden Stadionseite eine ausgelassene Fröhlichkeit herüber. Ganz erstaunlich, wie sich eine so geringe Zahl mitgereister Mannschafts-Unterstützer so ausgelassen freuen kann, wie diese Fußballfans der gegnerischen Mannschaft.

Und nachdem sie so viel Schmäh von den Zenit-Fans das Spiel über ertragen mussten, habe ich es ihnen auch von Herzen gegönnt!

Egal, wer gewonnen hat, für die Kinder und auch für mich war das auf jeden Fall ein aufregendes Abenteuer, das mit Sicherheit nicht so schnell vergessen wird!

Schweres Geschütz

Wenn man ein Land kennenlernen möchte, sollte man sich auch anschauen, wie sie mit ihrer Geschichte und dem Militär umgehen. Das man im Kommunismus nicht gerade mit seinen Geschützen zum Bewundern in den Keller geht, müsste eigentlich beim ersten Gedanken klar sein. Und in den Nachrichten sieht man ja in solchen Ländern auch immer wieder, wie die Staatsoberhäupter mit stolz geschwellter Brust die Panzer-Paraden abnehmen und huldigst mit dem Kopfe nicken, wenn tausende braver Soldaten in feschen Uniformen und im Gleichschritt an ihnen vorbei marschieren.

In Sankt Petersburg war es nicht anders. Die erste Parade sahen Jakob und ich auf dem Schlossplatz, als die Abschlussklasse der Militär-Akademie sich die Ehre gab. Ganz schön eindrucksvoll, das muss man ihnen lassen.

Das nächste Mal direkt unter uns in der Straße, in der wir wohnten. Erst wurden alle dort parkenden Autos abgeschleppt. Und dann ertönte von der Eremitage her bereits die Marschmusik. Gefeiert wurde offensichtlich Putins neuestes Spielzeug. Ein weißer Panzer, in futuristischem Design und mit dicken Rädern, statt Ketten. Ich hatte ja keine Ahnung von Militärfahrzeugen, vielleicht war es auch kein Panzer, obwohl es oben rum so aussah… Jedenfalls hatten die Russen ihre Vernichtungsmaschine ganz groß gefeiert. Aber Waffen, über die Blumenschmuck gehängt wird, sah einfach eigenartig aus.

Um so etwas besser verstehen zu können, gingen Jakob und ich ins Militärmuseum, welches direkt hinter der Peter und Paul-Festung lag. Direkt im großen Hof, den die ehemalige Kaserne wie ein Ring umschloss, waren Fahrzeuge, Panzer und Geschütze aufgereiht und die Kinder durften munter darauf herum krabbeln. Was Jakob natürlich auch direkt machte. Bei allen Vorbehalten, die ich gegen die Kriegsmaschinerie hatte, musste ich jedoch daran denken, dass wir Kinder damals bei Besichtigungen von Burgen oder Schlössern im Burghof auch auf den dort ausgestellten Kanonen herum geklettert sind. Photos aus meiner Kinderzeit bezeugen das. Und eigentlich war so ein Panzer-Abschussrohr auch nichts anderes.

In diesem Museum ging es nun um die russische Kriegsge-schichte. Von ganz, ganz früher, als man sich noch mit selbst-gebauten Steinäxten die Schädel eingeschlug, über die glorrei-che Ritterzeit bis hin zu den beiden großen Weltkriegen. Auch wenn es ein bisschen morbide anmutet, das Museum war toll gemacht. Und für Jakob natürlich wesentlich interessanter, als die ollen Wandteppiche in der Eremitage, die seine Mutter so begeisterten. Da waren Waffen ausgestellt, Abhörgerätschaf-ten, ein Schützengraben war nachgebaut, Bilder und Filme von und über Kriegsschauplätze und vieles mehr. Natürlich auch jede Menge Propaganda. Ehre und Ruhm für die tapferen Sol-daten, die für Russland Leben oder Körperteile ließen, hun-gernde Witwen und Waisen, die dem Feind trotzten und so weiter... Hier wurde deutlich, wie stolz die Russen auf ihre militärische Stärke waren.   Ab und zu stellten sich mir vor lauter Ablehnung gegen diese ausgestellte Gewalt und Glorifi-zierung des Krieges die Nackenhaare auf. Doch ich überlegte, wie es wohl um meine Haltung zu diesem Thema bestellt wäre, wenn Deutschland den Krieg nicht verloren hätte. Würden wir Deutsche dann auch so verklemmt reagieren, wenn irgendwo das Wort Waffe oder Kriegsgeräte fiele?

Der Kommunismus ließ mich nicht gerade in Begeisterungs-stürme ausbrechen und war mit Sicherheit keine Staatsform, die ich mir herbeisehnte. Aber ich musste sie zumindest als bestehende Geschichte Russlands akzeptieren. Und zwar ohne es ihnen vorzuwerfen, wenn ich dieses Land tatsächlich kennen lernen wollte. Und den Russen übel zu nehmen, stolz auf ihr Vaterland zu sein, wäre ja wohl auch abwegig.

Das Problem mit dem Warmwasser

Die Überschrift dieses Berichtes ist eigentlich irreführend. Denn so richtig war es gar kein ernst zu nehmendes Problem. Jedenfalls für mich nicht. Bei Jakob und dem großartigsten Ehemann aller Zeiten sah das dann etwas anders aus.

Es begann Anfang des Herbstes (auf den Tag weiß ich das jetzt auch nicht mehr so genau). Da gönnte ich mir in meinem hausfraulichen Lotterleben einen Lese-Tag, kuschelte mich wieder ins Bett, nachdem Jakob zur Schule gefahren war und stand erst auf, als ich das Buch durchgelesen hatte. Und das war dann so gegen 15.00 Uhr. Ja, es ist mir bewusst, dass Einige vor Neid erbost aufschreien – aber der Tageszeitpunkt ist wichtig…

Und wer den ganzen Tag wie ein Grottenolm herumliegt, der sollte sich doch besser waschen, bevor er mit irgendwelchen anderen Menschen in Kontakt kommt. Also flugs die Dusche angedreht und schon mal die Handtücher in Positur gebracht. Die Fingerprobe (also den Zeigefinger unter den Wasserstrahl halten, um die Temperatur zu messen) ergab, dass ich mich unter keinen Umständen in die Duschkabine begeben konnte, ohne dabei Erfrierungen zweiten Grades davon zu tragen. Also griff ich nach der Zahnbürste und putzte mir die Beißer, zwischendurch immer wieder testend, ob es denn jetzt wärmer wurde.

Dem war aber nicht so. Also stellte ich das Wasser wieder ab, füllte mir einen kleinen Eimer mit warmem Wasser (wir haben nämlich einen Trinkwasserboiler, der heißes und kaltes Wasser ausspuckt) und wusch mich dann eben so. Geht ja auch. An der Temperatur änderte sich auch am Abend nichts. Und ich nahm mir vor, am nächsten Morgen mal im Büro unseres Vermieters anzuklopfen.

Aber am nächsten Morgen: Tata!!! War das Wasser warm. Allerdings nur bis zum frühen Nachmittag. Dann ging meine Dusche offensichtlich davon aus, dass ich heute kein Warmwasser mehr benötigte… Auch am Abend wieder eisige Kälte, als Jakob eigentlich in die Badewanne sollte. Nunja, dann würde er eben ganz fürh vor der Schule duschen. Macht wenigstens wach.

So war das nun jeden Tag. Nach einer Woche kam der großartigste Ehemann aller Zeiten dann von seiner Geschäftsreise nach Haus. So gegen 3 Uhr nachts. Und hatte am nächsten Tag frei, so dass auch bei ihm ausschlafen angesagt war. Als ich ihm erzählte, er solle lieber noch vor 12 Uhr mittags duschen, lächelte er süffisant und winkte ab. „Das ist ein Durchlauferhitzer, mein Schatz. So lange dein Gasherd funktioniert, funktioniert auch der Boiler. Und wenn der morgens zündet, dann zündet er auch am Nachmittag."

Na bitte. Ich lächelte zurück und ging morgens duschen. Denn irgendwann stand der großartigste Ehemann aller Zeiten fluchend im Bad und es lief nur kaltes Wasser. Das entschädigte mich ein Stück weit für sein Mitbringsel aus Deutschland: Früher brachte er mir nämlich immer die Gala von seinen Flügen mit. Diesmal hatte er statt meiner Lieblingszeitung aber die Apothekenumschau mit der Titelstory „Wechseljahre" dabei!!! (Er hätte auch einfach sagen können, dass er sieht, dass ich alt werde!) Die Tatsache, dass ich nicht direkt das Telefon zückte und den Scheidungsanwalt anrief, hat er nur abwenden können, indem er mit einem ganz und gar durchtriebenen und hinterhältigen Grinsen doch noch eine druckfrische Gala aus seinem Koffer zog! Und ob dieses Spaßes wegen, den er sich da mit seinem Eheweib erlaubt hat, hatte ich ein ziemlich breites schadenfrohes Lächeln in den Mundwinkeln, als er so zähneklappernd aus dem Bad kam…

Ein paar Tage später kam nun ein Handwerker, den das Büro unseres Vermieters geschickt hatte. Leider kam er vor 12 Uhr mittags. Er drehte den Warmwasserhahn über dem Waschbecken an und: Voila! Warmes Wasser. (Innerlich konnte ich es ihm nicht verdenken, dass er mir bestätigend zunickte, seine Arbeit als getan ansah und wieder ging…) Wahrscheinlich dachte der sich `Guck an, gelangweilte Hausfrau möchte ab und zu mal einen Handwerker im Haus haben…`

Ich rief die Sekretärin unseres Vermieters an, diese spricht im Gegensatz zum Handwerker nämlich Englisch. Ihr erklärte ich das Problem noch einmal ganz genau. Daraufhin hielt sie

Rücksprache mit dem Handwerker und erläuterte mir danach seine Diagnose:

„Wissen Sie, Frau Howe, der Wasserdruck hier in Sankt Petersburg ist sehr niedrig. Wir haben ja keine Berge und sind auf Meeresspiegel-Niveau."

„Ja – aber was hat das mit meinem Warmwasser zu tun?"

„Ganz einfach: Wenn der Druck zu niedrig ist, springt der Boiler nicht an." Dann wünschte sie mir von Herzen und sehr freundlich noch einen schönen Tag. Vermutlich berichtete der arme Handwerker von einer Hausfrau mit offensichtlichem Dachschaden, der die Sekretärin einfach irgendwas erzählen aber ihn doch bitte mit solchen Hirngespinsten verschonen sollte.

Ich stand einen Moment sprachlos vor meinem Mobil-Telefon. Ich war zwar eine Frau, doch so unsagbar dämlich war ich nun doch nicht! Mal ganz davon abgesehen, dass der Wasserdruck offenbar bis vor 10 Tagen so gut war, dass wir sogar am Abend heißes Wasser hatten… Hatte der Druck sicherlich nichts damit zu tun, ob mein gasbetriebener Durchlauferhitzer in der Küche zündete oder nicht!

Ich überlegte, ob ich nochmals anrufen und fragen sollte, ob der liebe Herr Handwerker sich vielleicht bei seinem nächsten Besuch Werkzeug mitbringen könnte, um die Zündvorrichtung meines Heizers mal zu überprüfen und ggf zu reinigen. Könnte ja sein, denn in der Küche wurde viel gekocht… Viel Luftfeuchtigkeit, Rauch, Fett.. Hätte ich mir jedenfalls logischer erschließen können, als ein Gas-Zündungsventil, welches die Tageszeit anhand des Wasserdruckes erkannte und dann seinen Dienst einstellte!

Zumal das Gerät auch nicht gerade ein sehr modernes Modell war…

Aber das war typisch russisch: Lieber eine völlig irre Erklärung präsentieren, als zuzugeben, dass man keine Lösung für das Problem hatte!

(Warum haben sie mir nicht einfach erklärt, dass nachmittags all die Spione mit meinem warmen Wasser duschen müssten, die in den Wohnungen hier im Haus meine Korrespondenz mitlasen, mein Handy abhörten und meine außerhäuslichen

Aktivitäten kontrollierten?! - Eine solche Erklärung hätte ich auch nicht abwegiger empfunden!
(By the way, vielleicht hätte mir einer von denen ja mal die Einkäufe nach oben bringen können?)

Ein eigenes Völkchen

Die Russen waren schon manchmal ein eigenes Völkchen. Da erzählte eine deutsche Freundin und Mutter von drei Kindern von ihrem Besuch auf einem Kinderspielplatz. Und wie ihr Ältester mit seinen neun Jahren über die Klettergeräte tobte und vor Freude etwas lauter juchzte; ja mehr noch, seiner Schwester und Mutter etwas zurief, da beschwerte sich eine ärgerliche Russin: Die deutschen Kinder mögen doch bitte mal etwas leiser spielen! Immerhin läge im Kinderwagen ein Baby, welches schlafen sollte!

Tatsächlich ging es auf den russischen Spielplätzen etwas ruhiger zu als auf den Deutschen. Allzu viel Zeit zum Spielen hatten die Kinder ohnehin nicht. Es war ähnlich wie in China: In möglichst jungen Jahren möglichst viel lernen. Ein 8-Stunden-Schultag durfte dann hinterher gern auch mit Hausaufgaben aufgefüllt werden. Die Zeit nach dem Abendessen eignete sich hervorragend für Klavier- oder Klarinettenstunden. Nun konnte man das verstehen, wenn das allgemein Gang und Gäbe war und es seit Generationen so gehandhabt wurde. So war es auch zu erklären, dass die Einstellungen über das Lernen und die Hausaufgaben an der deutschen Schule unter den Eltern nicht immer gleichmäßig waren. Während die russischen Mütter gern noch mehr Lehrstoff gehabt hätten, war es uns deutschen Frauen teilweise zu viel. Die Lösung lag vermutlich wie, so oft, irgendwo in der Mitte.

Da es zurzeit viel regnete, machte ich mir Gedanken darüber, ob es in Sankt Petersburg eigentlich auch mal Hochwasser geben könnte? Und tatsächlich war die Newa bereits einige Male in der Petersburger Innenstadt spazieren geflossen. 1824 mit verheerenden Auswirkungen. Genau 100 Jahre danach stiegen abermals die Pegel an. Und dies wurde folgendermaßen erklärt: Im Jahr 1924 wurde die Stadt von Petrograd in Leningrad umbenannt. Und wenn man doch schon mal dabei war, alles neu zu machen, könnte man ja auch den Fluss umbenennen. Aber die Newa hatte keine große Lust, fürderhin als „Rosa Luxemburg" (kein Witz!) durch die russische Erde zu fließen und stieg wütend über ihre Ufer. Nicht nur die Russen haben also ihren Stolz. Seit dem hat niemand mehr versucht, die Newa umzubenennen.

Unsere Nachbarn hatten sich bei einem Treffen im Treppenhaus verstohlen über die „Gastarbeiter" ausgelassen. Arbeiter aus Mittelasien und dem Kaukasus standen nicht unbedingt in gutem Ruf, mehr noch – die Petersburger fühlten sich sogar von ihnen bedroht! Jakobs Fahrrad sei gewiss von „denen" geklaut worden, „die" kämen nämlich einmal die Woche in unser Treppenhaus zum Putzen! Und es kämen immer mehr illegal in die Stadt und nähmen den Petersburgern die Arbeit weg. (Komisch, irgendwie kommen mir diese Vorwürfe bekannt vor..........) Vielleicht sollte man aber doch bei all der Lästerei eines nicht vergessen: Diese Ausländer schufteten für einen Hungerlohn in russischen Firmen, welche mit den billigen Arbeitern gutes Geld machten! Und meist verrichteten sie Arbeiten, für die sich ein Großteil der stolzen Russen zu gut war.

Oktoberfest

In Deutschland drängten sich wieder einmal Abertausende auf den „Wies`n" herum, quetschten sich in überfüllte Zelte und tranken literweise deutsches Bier. Nun konnte man zum Oktoberfest stehen (oder wanken) wie man wollte – ich war noch nie dort und konnte mir deshalb nur ein ziemlich fremdes Urteil machen.

Aber die Münchner Weißwürstchen waren lecker. Soviel stand schon mal fest. Es war der 3. Oktober. Tag der Wiedervereinigung. Und an solchen Tagen fühlte man sich außerhalb Deutschlands noch deutscher als sonst. Da konnte man doch dem großartigsten Ehemann aller Zeiten vielleicht eine kleine Freude machen und Brezeln backen?! Aber irgendwie war ich wohl bei der Hefemenge in Relation zum Teig etwas zu großzügig? Oder die Hefe fand den Honig so lecker? Oder aber die Hefe kam aus dem unmittelbaren Umfeld von Tschernobyl…

Jedenfalls stand sie in der warmen Fensterbank, denn das Rezept wollte, dass die Hefe „gehen" sollte. (Am Tag zuvor wurden nämlich die Heizungen angestellt, weshalb wir abends nur noch im T-Shirt in einem saunabeheizten Wohnzimmer saßen). Vielleicht war die Hefe zu jung und von daher noch sehr impulsiv, sie ging nämlich nicht – sie sprintete, als wollte sie Mr. Bolt in den Schatten stellen!

Als ich nach 20 Minuten zur Fensterbank kam, traute ich meinen Augen nicht. Der Brotteig war über den Schüsselrand geschlichen, hatte sich dann auf der wundervoll warmen Fensterbank geaalt und war dann (vermutlich von Forscherdrang beseelt) auch noch auf den Fußboden gehüpft! Mit fröhlichem Blasenwerfen und Hefeteig-Nasen an der Heizung. Was für eine Sauerei! Und, als wenn das nicht schon ärgerlich genug gewesen wäre weil so ein Hefeteig nämlich ganz und gar kleberich ist, roch es in der ganzen Wohnung intensiv nach Gärprozess. Wie in einer Brauerei! Das war der Moment, an dem ich mich fragte: „Wie erkläre ich das plausibel meinem Mann?" - und dann kam mir der rettende Gedanke: „Ich tu einfach so, als wäre das vollkommen gewollt und mache ihm einen `Oktoberfest-Abend`!"

Girlanden aus weiß-blauem Papier zierten Tisch und Wein-
schrank, Platzdeckchen mit blauen Rauten (es lebe der Tusch-
kasten und der Kartoffeldruck!), die Bierkrüge herausgekramt,
Weißwürschte, süßer Senf, Brezeln, Saure Gurken und Silber-
zwiebeln, die Haare zu zwei Zöpfen geflochten, weiß-blaues
Oberteil mit weitem Ausschnitt und bei YouTube 15 Minuten
zünftige bayrische Blasmusik gefunden.

Tatataaa: Oktoberfest! Und bei einem solchen Ambiente fiel
es auch gar nicht mehr auf, dass es in der Wohnung roch wie
im Münchner Hofbräuhaus

Baden gegangen

Der Herbst machte auch in Sankt Petersburg mit dem Dauerregen keine Ausnahme und wenn man nicht den ganzen Tag Gesellschaftsspiele spielen wollte, dann war es eine super Idee, mit den Kindern in ein Schwimmbad zu gehen und dafür zu sorgen, dass sie sich so richtig austoben konnten. Jakob hatte ja bereits mit dem großartigsten Ehemann aller Zeiten das Rutschen-Spaßbad besucht und darum war ich mit Sohnemann und seinem Kumpel Malte in ein Schwimmbad gefahren, welches nicht nur mit einem Olympiatauglichen 50-Meter-Becken warb, sondern auch mit einem gigantischen Sprungturm mit 3m; 5m; 7m und 10m Absprung! Klar, dass die Jungs bereits auf der Fahrt klarstellten, dass sie selbstverständlich beide vom Zehner springen würden! (hüstel…)

Olympisch war zumindest schon mal der Eintrittspreis. Mit 1150 Rubel für uns drei sind das umgerechnet fast dreißig Euro! Die Sammelkabine, in der sich die Frauen umziehen konnten (Jungs natürlich auf der anderen Seite der Schwimmhalle) wunderte mich nicht so sehr, das kenne ich aus den Bädern in China. Und dass man selbstmurmelnd eine fesche Badekappe tragen muss, war ebenfalls nicht neu. Im Umkleideraum saß eine Dame hinter einem Schultisch und achtete darauf, dass keine Kleidungsstücke liegen blieben und alle Spinde auch regelkonform abgeschlossen wurden. Die Ausstattung und Farben des Schwimmbades hatten erwartungsgemäß den Charme einer Bahnhofshalle, in der man nachts um drei auf einen Zug wartet, der nicht kommen wird.

Aber immerhin: Das Becken war toll temperiert zum Bahnenschwimmen. Leider waren die Sprungtürme (aus anheimelndem grauen Beton) gesperrt. Im Wasser übten nämlich die verschiedenen Synchron-Schwimm-Gruppen. Der Rest des Beckens war in lange Bahnen aufgeteilt und in einer von diesen durften wir nun im Wasser toben. Das war für die Kinder natürlich mäßig spannend, wenigstens den Startblock durften sie nutzen und hüpften also munter anderthalb Stunden ins Nass.

Auf der Nebenbahn schwamm eine Batterie Rentnerinnen. Offensichtlich nahmen sie an einem Wettbewerb um die „hübscheste" Badehaube teil. Ich kann mich erinnern, dass meine Oma während meiner Kindheit eine Haube hatte, welche über die Kaffeekanne gestülpt wurde. So kunterbunt und mit angeklebten Plastikblüten. Und es kam mir im Schwimmbad so vor, als sei genau diese Kaffeehaube nun zur Bademütze mutiert! Vielleicht handelt es sich ja dabei um Kaffeehauben-Recycling?

Dann fiel mein Blick auf eine ältere Dame, die gerade aus der Dusche in die Schwimmhalle kam. Ich stutzte und schaute unauffällig genauer hin. Sie hatte tatsächlich statt eines Badeanzuges einen hautfarbenen BH und eine Baumwoll-Unterhose an, die ihre besten Tage bereits hinter sich hatte und eher fadenscheinig ihr Dasein auf dem fülligen Körper fristete. Ich erwartete, dass die Dame ihren Irrtum bemerkte oder wenigstens von Bademeisterin sie darauf hingewiesen wurde, dass normale Unterwäsche im Wasser so ganz ungeeignete Eigenschaften entwickelt. Aber nein, sie setzte ihr Gummihäubchen auf den Kopf und stieg ins Wasser… Sachen gibt's!

Allerdings gab es in Sankt Petersburg in Sachen Schwimmbäder schon skurrile Dinge. 1937 kam unter Stalin das Aus für die kleine deutsche Lutherische Gemeinde, die ihre Gottesdienste in der Sankt Petri Kirche feierte. Da Chruschtschow der Meinung war, es gäbe bereits genügend Kirchen, doch zu wenig Schwimmbäder, wurde kurzerhand ein riesiges Betonbecken ins Kirchenschiff gegossen und ein Sprungturm anstelle des Altars eingebaut. Hier plantschten nun einige Generationen Sportschüler und lernten, den Kopf über Wasser zu halten. Und um Wettkämpfe mit Publikum zu versorgen, wurden um das Becken Tribünen errichtet. Erst in den 90er Jahren wurde der Bau aufwendig restauriert und wieder zu einer Kirche gestaltet. Die Tribünen gab es aber immer noch.

Das Badeereignis schlechthin stand uns allerdings erst im Winter bevor und ich war mir ziemlich sicher, dass ich das nicht mitmachen würde: Um Erkrankungen jeglicher Art vorzubeugen (Von Warzen bis Herzinfarkt) wurde bei knackigen Minustemperaturen ein Loch ins Newa-Eis geschlagen. Und dann versammelten sich die badefreudigen Petersburger und hüpften in das eisige Wasser! Brrrrrrrr!!!! Ich kann mir gut vorstellen, dass es auch nicht viel besser war, wenn man vorher eine halbe Flasche Wodka in sich hinein schüttete. Es gab Momente, da war es mit meinem Willen zur Integration schlagartig vorbei!

Im Herbstpark

Ein Sonntag lockte mit dem schönsten goldenen Oktoberwetter. Richtig kitschig mit seinem strahlend blauen Himmel und der noch wärmenden Sonne! Aus unserem Wohnzimmerfenster blickten wir hinter dem Marsfeld-Park direkt auf den Sommerpark, in dem viele Wege angelegt waren, Springbrunnen ihr Wasser herausplätschern ließen und man Marmorskulpturen bewundern konnte. Ein solcher Tag war natürlich wie geschaffen sich die Lungen noch mal mit „Nachsommerluft" zu füllen. Musste ja schließlich für einen langen Winter reichen!
Jakob war anfangs gar nicht begeistert, eine „Runde durch den Park zu drehen". Ich konnte ihn nur motivieren, indem ich nach dem Park einen Hot-Dog für ihn in Aussicht stellte (Männer sind eben bereits in früher Kindheit bestechlich!).
Die Bäume im Park leuchteten bereits in allen grün-gelb-rot-Tönen und ließen ihre bunten Blätter auf die von hohen Hecken gesäumten Wege fallen. Das Plätschern der Brunnen und das fröhliche Lachen der Kinder, die zarten Blumen in den Beeten und die Schwäne auf dem kleinen Teich machten diesen Park zu einem der romantischsten Orte hier in der Stadt.
Da durften natürlich auch die Brautpaare nicht fehlen die mitsamt ihrem Gefolge und gerafftem Brautkleid im Stechschritt durch den Park rasten, immer auf der Suche nach dem perfekten Foto fürs Familienalbum! Und eines hatte ich bereits gelernt: Bräute haben immer Vorfahrt, wenn sie zu Fuß unterwegs sind!

Es begab sich nämlich einmal die Situation, dass ich mir gerade meinen Schuh zuband als der Hochzeitstross mit der Braut an der Spitze kurz vor mir um die Ecke bog. Eigentlich hätte dieser zu allem entschlossene Gesichtsausdruck der weißen Königin mich dazu veranlassen können, mich einfach mit einem Hechtsprung in die nächste Hecke zu werfen. Aber es war genügend Platz auf dem Weg, um an mir armen Schuhbinderin vorbei zu laufen. Doch ehe ich mich versah, wurde ich von einer Wolke weißen Tülls, Seide, Spitze und (aua!) dem Reifrock umhüllt! Sie war einfach mal komplett über mich drüber gestiegen. Ich denke ich bin einer der wenigen Menschen, die eine Beule von einem Brautkleid abbekommen haben?! Merke also: Eine russische Braut weicht niemals aus!!!

Während ich also mit Jakob durch diesen, hach, so romantischen Park flanierte und die Schönheit der Skulpturen bewunderte, standen wir plötzlich vor einer Statue, die uns die Nackenhaare aufstellte: Ein etwa zwei Meter großer nackter, muskelbepackter Marmormann hatte in seinen Händen ein Baby, welches er sich vor das Gesicht hielt und mit ganz offensichtlichem Appetit gerade ein Stück Fleisch aus dem Kinderbauch biss! Auf dem Sockel die Aufschrift „Satyr".

Da war es dann schlagartig aus mit der Romantik und wir suchten zur Beruhigung den nächsten Hot-Dog-Stand auf!

Das Hotel Europa

Es war vermutlich das bekannteste Hotel Sankt Petersburgs. Vielleicht sogar das berühmteste Hotel in ganz Russland. Alle großen, reichen, mächtigen und berühmten Persönlichkeiten wohnten dort, wenn sie in Petersburg weilten. Von Putin bis Merkel, von Tolstoi bis Puschkin – pikanterweise auch Lenin und Stalin.

Also mussten meine Freundin und ich uns dieses edle Haus doch auch einmal anschauen! In der Hoffnung, dass eine Tasse Kaffee in einem der Restaurants uns nicht in den Ruin stürzen würde, brezelten wir uns auf und marschierten zum besten Hotel am Platz, welches sich in einer Seitenstraße am Newsky-Prospekt befindet. Und hier zeigte sich wieder einmal eindrucksvoll, dass entschlossene Frauen in der Regel nichts so schnell aufhält. Vor allem dann nicht, wenn es sich lediglich um sintflutartige Regenfälle handelte, welche sich just in dem Moment aus den Wolken stürzten, als wir uns auf dem Weg ins Europa befanden. Den Schirm fest in der Hand dauerte es nur wenige Minuten, bis meine Schuhe geflutet waren und die Nässe ziemlich unangenehm in den Socken nach oben kroch. In diesem Moment verwünschte ich die Kapillarwirkung eines Baumwollstoffes!

Und dabei hatte ich mir doch solche Mühe mit der Garderobe gegeben! Es hatte fast eine Stunde gedauert, bis ich endlich den gesamten Kleiderschrank im gesamten Schlafzimmer ausgebreitet hatte und nach vielem An- und Ausziehen das passende Ensemble für diesen Ausflug gefunden hatte. Zum Glück hatte ich keinen Termin mehr beim Friseur bekommen – das wäre hinausgeschmissenes Geld gewesen da keine Frisur (auch nicht mit 3-Wetter-Taft) diese Schütte überlebt hätte! Der 15 minütige Weg zum Hotel dehnte sich über gefühlte Stunden aus und ich vermutete bereits, dass die Portiers uns gar nicht ins Hotel lassen würden, mit der Bemerkung: „Nasse Pudel müssen leider draußen bleiben!" Aber meine Freundin stürmte so selbstbewusst durch das Haupttor, dass der Livrierte kaum schnell genug dazu kam, die vergoldeten Pforten zu öffnen, geschweige denn uns abzuweisen.

Ich muss schon sagen, es war ein tolles Gefühl als die karmin-rot bejackten und behüteten Angestellten die Flügeltüren vor uns aufzogen, damit wir königinnengleich in das Innere schweben konnten. Ich konnte mich gerade noch beherrschen, nicht huldigst lächelnd den Kopf zu neigen und ihnen durch ein leichtes Nicken meine Wohlwollen zu schenken.

Das wäre ein wenig lächerlich gewesen, da meine Schuhe bei jedem Schritt quietschten und wir tropften wie zwei Straßenkö-ter...

Im Hotel wurde an Marmor und Prunk nicht gespart. Die Re-zeption befand sich nicht in einer Riesenhalle, wie man das von den großen, teuren Hotels kennt. Es war eher „gemütlich" – auch wenn das in Bezug auf die Eleganz und Pracht der Aus-stattung irgendwie komisch klingt.

Wir entschieden uns, unseren Kaffee im überdachten Innenhof zu uns zu nehmen. Bei Live-Musik von Harfe und Gitarre in einem ruhigen, exklusiven Lunch-Restaurant mit großartiger Kuchen- und Torten-Theke, bei der meine Freundin ihre Aus-wahl traf und wenig später einen der besten Kuchen ihres Le-bens aß. Ihr mehrmaliges seliges Seufzen vollkommenen Ge-nusses brachte uns einige irritierte Blicke der anderen Cafe`-Besucher ein. Alles Männer. Und wir waren auch die einzigen, die munter plauderten. Die Herren (und gar nicht so fein ge-kleidet, wie man es in einer solchen Lokalität hätte erwarten können) unterhielten sich nicht. Die meisten hatten ihr Mobilphone in der Hand und daddelten darauf herum, andere schwiegen sich einfach an.

Um irgendwie meine überschüssigen Pfunde loszuwerden, widerstand ich heldenhaft den verführerischen Torten und be-stellte lieber einen Salat.

Es war ein wirklich schönes Ambiente dort, die Bedienung war freundlich und nachdem der Musiker mitbekommen hatte, dass wir offensichtlich deutsch sprachen, spielte er einige alte deut-sche Schlager, was wir mit einem breiten Grinsen zur Kenntnis nahmen. Wenn mir nur nicht so furchtbar kalt gewesen wäre! Ich überlegte, ob das Wasser irgendwann aus den Schuhen wieder hinauslaufen und dann kleine Seen auf dem Marmorbo-den unter unserem Tisch anlegen würde. Und ob die Haut be-reits weiß und aufgequollen sein würde, wie bei einer Wasserleiche. Oder ob sich bereits Schwimmhäute zwischen meinen Zehen gebildet hätten. Ich hoffte inständig, dass die Schuhe auf dem Rückweg nicht mehr bei jedem Schritt laut schmatzten, so, dass alle Leute das mitkriegten, an denen ich vorüber ging. Meine Freundin meinte ja, sie hätte bereits Gummistiefel mit hohen Absätzen gesehen. Die musste ich mir unbedingt zulegen!

Als Beigabe zu meinem Salat gab es einen Brotkorb, in dem unter anderem auch lila Brötchen lagen. Offensichtlich waren die mit Rote-Beete-Saft gebacken und wir waren sehr, sehr vorsichtig mit dem Probieren. Schmeckten aber nicht schlecht, ein bisschen süßlich – ähnlich wie unsere Milchbrötchen in Deutschland. Zum Abschluss unseres Besuches sahen wir uns im Erdgeschoss noch ein wenig um. Es gab dort eine „Männer-Lounge" mit dicken, dunklen Ledersesseln und einer Zigarren-Theke, hinter der ein großer Humidor seine Tabakstangen darbot. Dunkel getäfelte Wände und ein großer grauer Kamin verbreiteten in dem Raum ein Ambiente, welches wohl den Männerclubs in England um 1800 ähneln dürfte und bei denen Frauen selbstverständlich keinen Zutritt hatten.

Daneben lag ein italienisches Restaurant und die Toiletten, welche wir natürlich sofort einer genaueren Untersuchung unterzogen. Alles schön und sauber und dann fiel mein Blick auf die Wand gegenüber den Spiegeln: Ein längliches Holzgestell war horizontal an der Wand befestigt. Ganz offenbar zum Herunterklappen. Na klar, dachte ich mir: Ein Wickeltisch für Babys. Oder vielleicht doch nicht??? Daneben war nämlich ein Schild angebracht mit der englischen Aufschrift: „Baby changing desk" !

Ha! So einfach geht das! Sie haben ein Mädchen bekommen und wollten lieber einen Jungen? – Kein Problem, hier können Sie Ihr Baby tauschen!

Container

Es geschehen Zeichen - und Wunder auch!

Damals, am 25. Mai 2012 packten die fleißigen Umzugshelfer unser Hab und Gut in dicke Umzugskartons und schickten den Container auf die Reise nach Russland.

„Das dauert ungefähr zwei bis drei Wochen." Meinte der freundliche Umzugsfirmenangestellte, der sich um die Abwicklung des Umzugs kümmerte. Eigentlich waren es ja zwei Firmen die sich vorher einen Überblick verschafften, dann ein Angebot an Bosch schickten und uns wurde dann später mitgeteilt, welche Firma es denn nun verschicken durfte. Und bei dieser einen Spedition haben sich mir intuitiv alle Haare aufgestellt. Als ich dem großartigsten Ehemann aller Zeiten meine Zweifel mitteilte, meinte er bloß: „Die wissen schon, was sie machen, ist ja nicht der erste Umzug den die machen."

Stimmt. Wenn da nur nicht dieses Prickeln im Nacken gewesen wäre… Und so vertraute ich der Meinung des großartigsten Ehemannes aller Zeiten. Nicht, weil ich seiner Intuition mehr traute als der Meinigen, sondern, weil ich sowieso kein Mitspracherecht hatte. Und siehe da…

Aus den angeblichen zwei bis drei Wochen wurden dann doch ein paar mehr und nach vielem Nachhaken und hinterher telefonieren kam unser Inventar dann tatsächlich am 28. Juli in Petersburg an. Ich hatte ja schon geunkt, dass es vermutlich gar nicht unsere Sachen werden, sondern vielleicht der Container noch vertauscht war. Da lag ich aber tüchtig daneben. Es waren unsere Kisten! Allerdings nicht alle. Diese genial organisierte Umzugsfirma hatte es tatsächlich geschafft, neun Kartons aus unserem Umzugsgut zu verlieren.

Irgendwie kam mir diese Geschichte mit dem Container voller Gummi-Enten in den Sinn, die auf hoher See mal vom Frachter gefallen waren und seit dem auf den Weltmeeren herum quietschen.

Wer jetzt wohl mit meinen Küchensachen kochte? Oder in unserem Bettzeug süße Träume hatte? Wer jetzt wohl von meinen Tellern speiste und aus meinen guten Kaffeetassen schlurfte?

Eines war sicher: Auf dem Meeresboden lagen die Kartons jedenfalls nicht, der Container kam nämlich auf dem Landweg! Nunja, das konnte man halt nicht mehr ändern. Und es gab ja auch wirklich Schlimmeres, als verloren gegangenes Umzugsgut.

Kochtöpfe!

Es gibt Männer, die kommen vom abendlichen Zigaretten holen einfach nicht wieder. Aber hat schon mal Jemand davon gehört, dass der Mann mal eben runter geht, um die neuen Scheibenwischer am Auto zu montieren – und dann beladen mit vier riesigen Paketen mit jeweils einem 19teiligen Kochtopf-Set wieder heimkommt? Nebst einem Satz hochwertiger Keramikmesser?

Aber von vorn: An einem Samstag war der großartigste Ehemann aller Zeiten bei einem Renault-Händler, um neue Scheibenwischer zu kaufen. In der Nähe dieses Händlers bemerkte er große Plakate, welche auf eine Haushaltswaren-Messe hinwiesen, die an diesem Wochenende in Sankt Petersburg stattfand.

Am Abend nun wollte er die neuen Wischblätter am Auto montieren und ich kochte derweil für das abendliche Dinner. Als er sich so handwerklich am Auto betätigte, hielt ein Wagen neben ihm, besetzt mit zwei jungen Männern die ihn auf Russisch ansprachen.

„Es tut mir Leid, doch ich verstehe kein russisch." Entgegnete der großartigste Ehemann aller Zeiten. Das freute die Beiden: „Ah, Sie sprechen deutsch! Das trifft sich gut. Ich wohne nämlich in der Schweiz und mein Kollege hier in Ungarn, er spricht aber auch gut deutsch." Während der großartigste Ehemann aller Zeiten noch etwas überrascht war, kam der Schweizer zu seinem eigentlichen Anliegen:

Sie waren für eine bekannte Haushaltsfirma auf der Messe in Petersburg gewesen. Als Aussteller. Nun waren allerdings vier Kartons mit Kochtöpfen (19teilig, eine Limited Edition, welche von Qualität und Preis ähnlich ist wie WMF) übrig geblieben. Die beiden Herren mussten aber zum Flughafen, sie waren spät dran und es seien Probleme mit dem Zoll und dem Übergepäck zu erwarten. Darum hätten sie sich spontan entschlossen, die Dinger vorher noch für „'nen Appel und 'n Ei" loszuwerden. Der großartigste Ehemann aller Zeiten aber winkte ab, als er den Listenpreis von 2600 Euro gezeigt bekam und meinte, dass er so viel Geld wohl eher nicht am Straßenrand für ein paar Töpfe bezahlen würde.

Die Herren lachten aber und meinten sie wollten ihm doch nur zeigen, was diese Küchenhelfer sonst so kosten. Und nanntendem großartigsten Ehemann aller Zeiten einen Preis, den dieser mehrmals hinterfragte, weil er es nicht glauben konnte. Der Schweizer hatte wohl wirklich Angst, die Kisten nicht mehr los zu werden und vermutlich auch ziemlichen Zeitdruck. Jedenfalls packten sie dann noch ein dreiteiliges Keramik-Messer-Set mit Diamantklingen dazu.

Das war der Moment, an dem der großartigste Ehemann aller Zeiten nicht mehr an sich halten konnte und alle vier Pakete samt Messern kaufte.

Als er damit hochkam rief er schnaufend: „Schatz, ich habe dir Töpfe gekauft!" – Ich traute meinen Augen nicht und wir haben Bescherung gemacht als sei Heiligabend.

Ich hatte ja noch Töpfe im Schrank stehen die an die 20 Jahre alt waren. Und ich hatte mir einige Zeit zuvor tatsächlich mal überlegt, mir „was Gutes" zuzulegen.

Ab diesem Tag nun kochte mit ich super modernen Edelstahl-Pötten mit 30 Jahren (!) Garantie und schnitt mit Klingen, die aus einem Industrie-Diamanten waren. (Habe mir schon überlegt, ob ich nicht einen abrechen und auf meinen Ring kleben sollte… Industriell hergestellt oder nicht – Diamant ist Diamant!)

Auf den Deckeln der Töpfe war jeweils eine Temperatur-Anzeige damit ich wusste, ob ich mein Gemüse auch schonend genug garte. Und angeblich brauchte ich kein Wasser mehr zum Kochen. (Bei dieser Aussage war ich ja sehr, sehr skeptisch. Man muss ja schließlich nicht alles glauben, was die Werbung einem verkaufen will…)

Was für ein Abenteuer!

Es passieren schon manchmal wirklich ulkige Dinge….

Die letzte Oktoberwoche und der erste Schnee waren gekommen. Die Temperaturen lümmelten sich um den Gefrierpunkt herum und schrumpften den Herbst auf geradezu mickrige zwei Wochen zusammen. Die Bäume warfen im Rekordtempo ihr Blätterkleid ab und schenkten damit den fleißigen Laubkehrern in den Parks und auf den Gehwegen die Garantie für Rückenschmerzen am Feierabend. Wir sahen einige Leute (nicht nur Kinder!), die sich aus bunten Herbstblättern Kränze machten und sich diese aufs Haar setzten. Das sah zwar toll aus, ich bekam jedoch nicht heraus wie man das zusammensteckte.

Inzwischen wurde es morgens erst gegen 9 Uhr so richtig hell und dafür ging die Sonne nachmittags um drei bereits unter. Richtig dunkel war es dann aber erst gegen 17.oo Uhr. Bis dahin machte uns das eigentlich nicht wirklich was aus, da die Sonne ohnehin nicht viel zu sehen war wegen den Schnee- bzw. Regenwolken, die wie zähe Zuckerwatte über der Stadt saßen und offensichtlich nicht gewillt waren, diesen Platz bis zum einbrechenden Frühjahr zu verlassen. Meine Freundin und ich ignorierten diesen Tatbestand allerdings mit dem ganzen Können zweier Frauen, welche sich einen aufdringlichen Verehrer vom Leib halten und schleppten unsere Ferienkinder von einer Sehenswürdigkeit zur nächsten. (Sie hat sich sogar Heldenpunkte verdient, weil sie anderthalb Stunden mit allen vier Kindern im Park eine Schneeballschlacht veranstaltet hatte! Um da nicht in Punkte-Rückstand zu fallen, veranstaltete ich für die Kiddies dann am 31. Oktober eine Helloween-Party.)

An einem Dienstag marschierten wir über die große Schlossbrücke zum Zoologischen Museum. Die berühmte Zugbrücke war allerdings in einem desolaten Zustand! Auf der Fahrbahn über die sich die Autos, Busse und LKW in einer unablässigen Blechkarawane quälten, sah man die blanken Eisenverstrebungen blitzen. Wohlgemerkt, die Konstruktion unter dem Teerbelag. Da konnte man doch mit Fug und Recht behaupten: „Da war der Lack ab!" Beim Überqueren dachte ich, dass ich eigentlich gar kein spektakuläres Ende meiner Lebenszeit anstrebte und daher mit einer innerlichen Bitte alle Schutzengel darauf aufmerksam machte, sie sollten sich doch bitte von unten dagegen drücken, damit die Brücke nicht gerade dann einbrach, wenn wir hinüber gingen… (Sie haben ihren Job übrigens gut gemacht)

Das Museum war mit 200 Rubeln für Erwachene (5 Euro) und 70 Rubel für Kinder wirklich nicht teuer. Über 3000 ausgestopfte Tiere, meist ganz liebevoll in Szene gesetzt haben erwarteten uns. Ein riesiges Blauwal—Skelett schwebte über unseren Köpfen und wir haben das allerriesigste Elefanten-Skelett unseres Lebens gesehen. Und sogar eine Mammut-Mumie! Es war besser als im Zoo, denn hier konnte man ungehindert der Gefährlichkeit oder Scheu der Tiere ganz genau gucken, solange man wollte (oder die Kinder einen ließen, weil 5 Meter weiter etwas entdeckt wurde, was man „sofort" sehen musste. Obwohl bei diesen Tieren wohl auszuschließen war, dass sie noch einmal weglaufen…).

Etwas anstrengend waren eigentlich nur die Gruppen. In Rudeln von ca 20 – 30 Kindern (vermutlich Schulklassen) schoben sie sich durch die Vitrinen. Selbstverständlich machte ich solchen Gruppen Platz, wenn sie sich etwas anschauen wollen und der Museumsführer seine Erklärungen abgab. Es kam aber vor, dass mehrere Gruppen von mehreren Seiten auf uns zukamen, so dass wir Mühe hatten, so schnell einen Ausweg zu finden. Zumal wir die Kinder auch nicht am Hemdskragen von den Tieren wegziehen wollten, die sie sich gerade anschauten… Da kam es dann öfter vor, dass wir Mütter und auch die Kinder ziemlich grob und deutlich aus dem Weg geschoben wurden. Mit Worten – und auch mal mit dem ganzen Körper. Der arme Malte wurde einfach in den nächsten Gang hinter der Gruppe „abgeschoben" und wußte sich gar nicht zu helfen. Da habe ich dann aktiv eingegriffen und auf Deutsch zurück gepflaumt: „Dieser Junge gehört zu uns und der bleibt auch bei uns!" Habe die Gruppe mit den Armen geteilt und das arme Kind zu uns zurückgeholt. So etwas ist für uns einfach ungewohnt, weil wir eher gelernt haben Rücksicht aufeinander zu nehmen, als aus dem Weg zu räumen was uns in Selbigem steht. In Russland gewann ich ab und zu den Eindruck es hätte Vorfahrt, wer größer ist. Das war ja nicht schlimm und wenn man es sich ab und zu bewusst machte, konnte man damit gut leben. Aber wenn Jemand unsere Brut anknurrte, dann bellte ich zurück – damit mussten dann eben die Russen leben! Stundenlanges Herumgerenne zwischen Jahrhunderte alten ausgestopften Tieren machte auch den ambitioniertesten Museumsbesucher hungrig. Und so suchten wir dort in der Nähe ein Lokal mit dem Vorsatz diesem Zustand ein Ende zu bereiten. Meine Freundin meinte sogar, dort gäbe es „deutsche Küche". Es war schon erstaunlich wie sich in allen Kinderaugen plötzlich Schnitzel und Pommes spiegelten und die Vorstellung, diese Pommes in Litern von Ketchup zu ertränken und viel zu viel Zitrone über das Schnitzel zu träufeln ließ auch uns Müttern das Wasser im Munde zusammen laufen! Es war tatsächlich ein kleines, deutsches Mini-Brauhaus. Ganz gemütlich eingerichtet und vielleicht lag es daran, dass wir deutsch sprachen – jedenfalls wurden wir direkt in den VIP-Bereich geschleust. Einem separaten Raum mit einem ganz zauberhaften Ambiente. Da fühlten wir uns ganz wichtig und feixten herum, die Kinder müssten sich auf jeden Fall wie kleine Lords und Prinzessinnen benehmen, während meine Freundin und ich „huldig Lächeln" übten.

Es dauerte keine drei Minuten, da war die Bestellung aufgegeben und der Kellner schob eine große Spielzeugkiste und eine IKEA- Kreidetafel in den Raum und so waren die Kids bis zum Eintreffen des Essens beschäftigt. Toll!

Und dann kamen sie, die Schnitzel. Beim Anblick meines Tellers entfuhr mir ein kleiner Schrei, den der Kellner mit einem wissenden Grinsen beantwortete. Dieses panierte Ding auf meinem Teller hatte einen ungefähren Durchmesser von 35cm! (Meine Freundin meinte: „Mindestens!") Weil daneben absolut kein Platz mehr war, lagen die Pommes darunter! Ich hatte noch nie solch große Schnitzel bekommen. Und sogar vom Kalb, nicht vom Schwein. Ein „echtes" Wiener Schnitzel. Und lecker!!! Nicht frittiert, sondern gebraten. In Butter, nicht in Öl. Da blitzten die Augen, gefräßige Stille breitete sich aus und vierzig kleine Finger bohrten sich gierig in die Panade. In einem solchem Zustand der kindlichen Glückseligkeit hatte man als Mutter nun wirklich keine Chance mehr mit Wünschen wie: „Schatz, iss doch bitte mit dem Besteck!" (Und ganz ehrlich: Ich konnte mich auch nur mühsam zusammenreißen, das Fleisch nicht einfach mit den Händen zu packen und zu erlegen!)

Wir schwelgten, schmatzten und seufzten selig und ließen uns die Reste einpacken. (Die „Reste" waren jeweils noch größer, als ein übliches normales Schnitzel). Und irgendwann, als die Wampe bereits an die Höchstfüllmenge stieß, sahen meine Freundin und ich uns an und stellten unisono fest: „Meine Güte, geht es uns gut!"

Wen kümmerte es da schon, ob draußen die Sonne scheint?!

Neue Gepflogenheiten

Es gab kleine Wiederholungen die den Alltag als solchen aus-
machten und sich wie ein roter Faden durch diesen zogen.
Zum Beispiel beim Einkaufen im Lädchen an der Ecke noch
schnell eine Flasche „Kwas" greifen, um sie auf dem Nach-
hauseweg zu trinken. Das schmeckte ein bisschen wie ein Ge-
misch aus Malzbier und Cola. Oder ein Pöttchen „Bortsch to
go" - ähnlich wie die 5-Minuten-Terrine, nur eben mit dem
russischen Nationalgericht. Oder auch dem Autofahrer einen
wütenden Schrei hinterher zu rufen, weil es wieder einmal
vollkommen ignoriert wurde, dass ich bereits mitten auf der
Straße auf einem ausgewiesenen Zebrastreifen die Fahrbahn
überquerte und das Fahrzeug so dicht hinter mir vorbeibretter-
te, dass ich seinen Außenspiegel fast an meinem Hinterteil
spürte.
Angeblich fluchen Russen ja nicht. Russen leiden! Und das
konnten sie seit dieses riesige Reich besteht. Allein bei einem
Rundgang durch die Eremitage wurde auf den Bildern der großen Meister immer wieder deutlich, welchen Stellenwert das
Leiden in der russischen Gesellschaft einnahm. Je größer das
Leid, desto großartiger die Kunst. Jammer nicht, leide klaglos
vor dich hin! Und so nahm man es eben hin, wenn die Autos
über den Zebrastreifen rasten, als seien sie auf dem Nürburg-
ring. Obwohl man sogar extra große Neonschilder aufgestellt
hatte.
Mit, per LED-Lämpchen, blinkenden Fußgängern darauf und
reflektierender Farbe für die weißen Balken auf dem Asphalt!
Und weil mich das so ärgerte, wurde ich in diesem Punkt gar
nicht russisch und rief ihnen auch weiterhin hinterher. (Seine
Aggressionen in dieser Form herauszulassen ist übrigens auch
Ulcus-Prophylaxe und hatte daher seine medizinische Indikati-
on und Berechtigung!)
Neu war auch die Angewohnheit bei einem Gang durch die
Straße ganz genau auf die Häuser zu achten. Und obwohl ich
sie nun schon so oft gesehen hatte, fiel mir jedes Mal etwas
Neues auf. Es war fast, als könne man sich nicht sattsehen an

den ganzen Kleinigkeiten. Darum ging ich auch immer abwechselnd auf der anderen Straßenseite, damit es gleichmäßig blieb.

Eines Tages bangten wir ein wenig um unseren Wohnort. Aus heiterem Himmel kam die Nachricht, dass die Wohnung, in der wir wohnten, verkauft worden war. Jetzt kam es darauf an, ob der neue Eigentümer den Vertrag so übernahm oder ob er die Miete mal sportlich nach oben setzte. Da unser derzeitiges Domizil bereits absolut am finanziellen Limit war, wäre Letzteres dann für uns der Moment gewesen, nach einer neuen Bleibe zu suchen… (Was ich überaus schade gefunden hätte, da ich diese Wohnung liebte!)

Irgendwie fand ich in Petersburg viel mehr Vorfreude an der Weihnachts- bzw. Adventszeit. Wir backten bereits mit Begeisterung Weihnachtsbaum-Anhänger aus Salzteig und plazierten die Holzkrippe und die Lichterketten in den Fenstern. Dann wurde die Lebkuchenproduktion gestartet und vor jedes Hauptwort wurde ein „Weihnachts"- gesetzt. Darum aßen wir morgens „Weihnachtsmarmelade", schauten nach draußen auf das „Weihnachtswetter" und gingen im „Weihnachtspark" spazieren, wenn sich das „Weihnachtswetter" anständig verhielt. Im „Weihnachtstreppenhaus" wurde bei einem zufälligen Zusammentretten mit den Nachbarn ein „Weihnachts-Smalltalk" gefeiert und der großartigste Ehemann aller Zeiten braute tatsächlich ein „Weihnachts-Bier"! (Das war auch erst Weihnachten fertig) Ich verteilte die „Weihnachts-Handtücher" (kein Witz, rot mit Elchen drauf!) in den Bädern und unsere „Weihnachts-Wunschzettel" hingen bereits Anfang November am Kühlschrank. Und wenn ich so meine dicken "Weihnachts-Schuhe" anzog und mich zum „Weihnachts-Einkauf" begab, dann dachte ich, dass das eine wirklich humorvolle und festliche „Weihnachtszeit" werden würde. Zumindest gab es in Sankt Petersburg mehr Chancen auf „Weihnachts-Schnee"!

Sankt Martin

Am 11.November feierten in Deutschland viele Kinder den römischen Kommandanten Martin (hatte der eigentlich keinen Nachnamen?!), welcher seinen Mantel mit dem Bettler teilte, später Bischof wurde und bis heute jedes Jahr mehr Lichterketten auf die Straßen lockt, als die Montags-Demos gegen Ende der ehemaligen DDR. Und für die Kleinen ist das Basteln der Laternen, das Spazierengehen und Singen im Dunkeln natürlich ein großes Abenteuer! Das Zelebrieren eines solchen Umzuges und die dazugehörigen Lieder wie „Laterne, Laterne, Sonne, Mond und Sterne" wurde in Sankt Petersburg von der Deutschen Schule als kulturelle deutsche Besonderheit der russischen Bevölkerung nahe gebracht.

In der Petrikirche (ich erzählte schon von dem Bauwerk, das einst als Schwimmbad genutzt wurde) gab es ein kleines Anspiel durch die Schüler und dann zog sich die Lichterkarawane durch die hinteren Gässchen zur katholischen Kirche, um dort mit besinnlicher Blasmusik und Lagerfeuer die Veranstaltung ausklingen zu lassen. Es war eine nette Sache, die den Kindern viel Spaß gemacht hat. Aber dieser Tag hätte es nicht geschafft in dieses Buch zu gelangen, wenn es nicht diesen Moment gegeben hätte, an dem ich ganz breit grinsen musste.

Man stelle sich bitte bildlich vor: Es ist dunkel. Aufgeregte Kinderhände halten leuchtende Laternen umklammert, rosige Bäckchen und glänzende Augen, ein Feuer brennt, eine Blaskapelle spielt so leise und besinnlich wie möglich „Weißt du wie viel Sternlein stehen", ein echtes schneeweißes Pferd mit einem römischen Sankt Martin, der in einer echten authentischen Metallrüstung darauf sitzt. Vom Helm bis zum Umhang auf 4. Jahrhundert getrimmt - und er kaut mit offenem Mund Kaugummi und schmatzt dabei! Es sind Momente wie diese, die einfach witzig sind!

Beim Nachdenken, weshalb ich mich in diesem Jahr sehr unüblicher Weise auf die Vorweihnachtszeit freute, war mir aufgefallen, dass es zu Deutschland in Sankt Petersburg einen ganz deutlichen Unterschied gibt. Während wir in Deutschland spätestens Anfang September in deutschen Supermärkten mit Schokoladen-Weihnachtsmännern und Lebkuchen bombardiert wurden und bereits die glitzernde Kitschdeko ihren Einzug in die Läden hielt, fand man in Russland nichts Dergleichen in den Einkaufszentren. Keine riesigen Aufsteller vor denen man Gefahr lief in geschmolzene Dominosteine zu treten, die den ganzen Ladenbesuch über hartnäckig unter den Sommer-Sandalen kleben bleiben, weil Petrus (der olle Spielverderber) trotz der Weihnachts-Invasion im September noch keinen Schnee runter lässt.

In Petersburg sah ich keine Leuchtreklame an den Häuserfassaden, dass man spätestens im Oktober die besten Schnäppchen fürs Fest machen könnte. Hier hingen noch nicht einmal die unvermeidlichen Plastik-Schneeflocken an den Straßenlaternen! Und es war bereits Mitte November! Es war also durchaus möglich, dass es daran lag, dass ich nicht mit „Weihnachten" zugemüllt wurde, sondern mich in meinem ganz individuellen Tempo auf diese Zeit vorbereiten konnte. (Gut, abgesehen vom Zwangsbasteln mit den Eltern von Jakobs Klasse, aber das zählt nicht). Ich genoss es, dass die Temperaturen sich draußen um den Gefrierpunkt herum lümmelten, ab und zu ein paar Vorboten-Flöckchen herunter rieselten und das Wasser in den Pfützen gefror ohne, dass ein LED-blinkender, „Jingle-Bells"-dudelnder Coca-Cola-Truck an mir vorbei fuhr.

Ich hatte absolut nichts gegen die Tradition Weihnachten mit Glanz, Gloria und jede Menge Flitter zu feiern. Vier Jahre China haben meine Kitsch-Schmerzgrenze ganz beträchtlich nach oben geschraubt! Aber dieser fürchterliche Kommerz-Wahnsinn ging mir tierisch auf den Senkel. Jedem musste unbedingt irgendwas Teures geschenkt werden. Man hetzte von einem Bastel-Nachmittag zur nächsten Weihnachtsfeier und ernährte sich mehrere Monate hauptsächlich von Mürbeteigplätzen und Glühwein. Wo man ging und stand plärrten einem die Lautsprecher Weihnachtslieder um die Ohren. Im Fernsehen zappte man entweder durch Spendenmarathons oder wurde mit einem Krimi „Tod auf dem Weihnachtsmarkt" unterhalten. Am Heiligen Abend dann ging es nur noch um das Auspacken der Geschenke und das Essen. Zum Musizieren, Geschichten erzählen, spielen oder gar an den eigentlichen Grund des Heiligen Abends zu denken, reichte die Geduld nicht und nach der Bescherung hatten die Kinder auch nicht wirklich Lust dazu. Darum versuchten wir es mal anders: Am Weihnachtsabend feierten wir Weihnachten in aller Ruhe. Mit Musizieren, viel Spaß, Spielen und - ganz ohne Geschenke! Die gab es am nächsten Morgen, beim Picknick unterm Weihnachtsbaum. Das war viel weniger Stress, als sonst! Und irgendwie „weihnachtlicher".

Giselle

Eines der berühmtesten Theater der Welt stand in Sankt Petersburg. Das Mariinsky-Theater. Es feierte im Jahr 2012 seine 230. Saison und wer dort auf der Bühne tanzen durfte, der hatte es geschafft. Nur die größten, besten und bekanntesten Tänzer und Sänger durften dort im Ballett oder einer Oper ihr Können und ihre Kunst dem kulturhungrigen Publikum darbieten. Darum ging man selbstverständlich auch nicht in Jeans und Turnschuhen in eine solche Aufführung. Der großartigste Ehemann aller Zeiten ist zu meiner Freude kein Kulturmuffel und so begaben wir uns zur Ballett-Aufführung „Giselle". Schon von außen war dieser imposante Bau anmutig und durch mehrere Eingänge wurde ein ewiger Stau geschickt vermieden. Und das war gut so denn man stelle sich vor, wenn es so richtig kalt war stünden die Damen und Herren ansonsten bei -30 Grad im Schnee mit ihren dünnen, kurzen Glitzerkleidchen und den Stöckelschuhen! (Dann würde ihnen vermutlich glatt der Nagellack abplatzen)

Direkt nach dem Einreißen der Eintrittskarte trat man (wie auf dem Flughafen) durch einen Metalldetektor. Der allerdings irgendwie in seiner Funktion eingeschränkt war oder nur zur Abschreckung dienen sollte. Denn ich hatte nicht nur eine Metall-Handtasche am Ärmel in der das Handy, Sicherheitsnadeln und ein Schweizer Taschenmesser meines Sohnes war; auch der großartigste Ehemann aller Zeiten hatte neben seinem Telefon auch andere metallische Gegenstände dabei – ohne, dass das Gerät einen Piepser von sich gegeben hätte...Aber es fällt ja auch schwer sich vorzustellen, dass sich ein Amokläufer vor seiner Tat ein Ticket kauft und sich aufbrezelt.

Ich war heilfroh, eine schicke Garderobe gewählt und genügend Zeit vor dem Spiegel verbracht zu haben, denn wir waren keinesfalls overdresst! Wir flanierten durch die gewundenen Flure, die mit dicken Teppichen ausgelegt waren und teilten uns einen Piccolo, für den die Dame am Ausschank eben so viel Geld haben wollte, wie der Taxifahrer, der uns dorthin gebracht hatte. Wir waren uns sofort einig, beim nächsten Theaterbesuch unseren eigenen Piccolo von zuhause mit zu bringen, da kam uns in den Sinn, dass der Metalldetektor gar kein Metall – sondern illegal eingeschmuggelte Getränke anzeigen könnte!

Endlich ertönte der Gong (also eigentlich war es derselbe Ton, wie die schrille Pausenklingel in der Grundschule meines Heimatortes) und die Türen zum Saal wurden geöffnet. Wir hielten unwillkürlich den Atem an, so wunderschön war es! Bis in die kleinste Ecke mit viel Liebe zum Detail ausstaffiert, auch hier schritt man auf dicken Läufern über das ehrwürdige Parkett. Vier Ränge Balkone erhoben sich an den runden Wänden über dem Parkett. Eine prächtige „Zarenloge" mit samtenen Vorhängen und dicken Troddeln daran. Es war, als sei die Zeit in diesem Theatersaal stehen geblieben. Bei einem Blick in den Orchestergraben wurde dieser Eindruck noch verstärkt, denn die Notenbücher der Musiker waren teilweise handgeschrieben und vom Umblättern dermaßen vergilbt, brüchig und eingerissen, als hätten auch sie die 230. Saison. Dieser ganze originale Charme und Prunk, das geniale Können während der Aufführung (wie kann man sich nur so bewegen!!!) machte diesen Ausflug zu einem ganz großen Erlebnis! Wir waren restlos begeistert und es würde gewiss nicht der letzte Besuch in diesem Theater sein.

Gut, an hüpfende Männer in Strumpfhosen und einem Suspensorium, das den Eindruck vermittelt, als müsse Mann etwas kompensieren, daran musste man sich erst gewöhnen. Aber Muskeln haben die…. Und man sah überhaupt nicht, dass die Tänzer und Tänzerinnen schwitzten! Wenn ich da einmal über die Bühne tingeln würde, müsste der Rest der Tanzgarde bodenlange Tütüs tragen, um meine Schweiß-Spuren aufzuwischen! Es sah so mühelos, so schwerelos, so „einfach" aus. Hach, es war einfach toll!

Diese Begeisterung schien auch der Taxifahrer draußen zu teilen als wir in den Wagen stiegen. Denn ganz euphorisch nannte er uns seinen Fahrpreis: 1000 Rubel. (Wir erinnerten uns: im Stadtgebiet Petersburg zahlt man pauschal immer 350 Rubel) Als ich ihn freundlich grinsend darauf hinwies, lächelte er und meinte: „Nacht-Tarif." Jetzt musste ich wirklich lachen und wir stiegen wieder aus und liefen eine Dreiviertelstunde zu

Fuß nach Haus. So hatten wir wenigstens noch etwas für unsere Figur getan und ihm in Gedanken eine lange Nase gezeigt.

Verständnisprobleme

In Sankt Petersburg zu leben ohne die russische Sprache zu sprechen ist sicherlich nicht optimal – aber es ging. Manchmal musste ich zwar mit allen Mitteln erklären, wie neulich im Tante-Emma-Laden an der Ecke als ich mit den Armen ein Huhn nachmachte, dazu gackerte und anschließend auf mein Hinterteil zeigte und ein imaginäres Hühnerprodukt zwischen Daumen und Zeigefinger hielt. Da wusste auch der dämlichste Verkäufer, dass ich Eier kaufen möchte.

Während es also sprachlich keine unüberwindbaren Hürden an meinem derzeitigen Aufenthaltsort gab, wurde die Verständigung mit meinen Landsleuten in Deutschland dafür umso schwieriger. Es schien, als wandle sich meine Muttersprache in einem dermaßen rasanten Tempo, dass ich bald wohl einen Sprachkurs würde belegen müssen, wenn ich mich mit meinen Freunden unterhalten wollte.

Da verabredete man sich als „Team", um mit mehreren Leuten im „TS" zu „chatten", in diesem „Meeting" dann die „To-Do-Liste" „abzuchecken" und später in der „Lounge" noch zu „chillen". Ich wurde bereits von meinen Kindern mit „Mum" angeredet (was ich mir inzwischen verbeten habe) . Ich bekam Sätze auf den Tisch wie: „Da hast du aber ganz schön was getriggert!"

Oder auf die Frage: „Was machst du denn beruflich?" kommt die Antwort: „ PM`ler." Ich musste nachfragen: „Was heißt denn PM`ler?" und erfuhr : „Projektmanager aus dem Bereich SAP Reporting in FiCo." … Na klar! Wie schön und was machst du beruflich?!

Wer täglich Umgang damit hat weiß das sicherlich auch...
Meine Berufsbezeichnung ist übrigens „ oTuuH" (ohne Tarif
und unterbezahlte Hausfrau).

Aber es muss ja alles abgekürzt werden oder bekommt wenigstens einen englisch/amerikanischen Namen. Und ganz wichtig:
Alles muss umbenannt werden, damit auch der unterbezahlteste
Beruf einen glanzvollen Namen bekommt. So wurde der Tisch-
ler zum „Holztechniker" und der Dreher zum „Zerspanungs-
Mechaniker" – was für ein Blödsinn! Was ist mit den
Rinnsteinputzern, heißen die demnächst vielleicht „Techniker
für Verkehrswege-Instandhaltung"? Die Fantastischen 4 hatten bereits vor vielen Jahren ein Lied herausgebracht, in dem es
um die selbstverständliche Benutzung von Abkürzungen ging
und nun sind wir bereits so weit, dass ich als Deutsche ständig
nachfragen muss, was mir meine deutschen Freunde sagen
wollen!

Die deutsche Sprache ist offenbar zu „alt". „Notizbuch" hört
sich schnöde an, nicht aktuell genug, um noch benutzt werden
zu können, es muss jetzt „Notebook" gesagt werden und funktioniert nicht mehr mit Block und Stift, sondern elektronisch.
Mit „Touch Screen" und „twenty-four-hours" Erreichbarkeit.
Unser Leben besteht aus Daten, Bildschirmen und Tastaturen,
wir „scannen" uns mit digitalen Informationen und legen diese
Daten dann in einer „Cloud" ab. Was sind wir nun, wenn wir
alles was unser Leben ausmacht in einer Wolke lagern – Engel???

Dieses gläserne Zur-Schau-Stellen der privaten Daten ist übrigens von vielen Menschen auf den Weg gebracht und genutzt
worden, die in den 80er Jahren mit dem grünen Parker auf den
Straßen demonstriert haben – für den Datenschutz! Heute ist
fast jeder von denen auf facebook vertreten...

„Besprechung" hört sich wohl zu staubig an, wie ein kahler
Raum mit Metallrohrstühlen, glänzenden PVC-Tischen und
Aktenordnern, bei denen das Papier raschelt, wenn man es
umblättert. In einer Zeit, in der alle Informationen öffentlich
gemacht werden, wo jede Nichtigkeit der breiten Masse zuge-
tragen wird und mit einem „Like-Button" bestätigt werden
kann, hat die deutsche Sprache Seniorenstatus erlangt. Aber in
Würde alt werden darf sie nicht, es streiten sich die Hinterblie-

benen bereits um den Nachlass, noch bevor der Totenschein ausgefüllt ist. Sie wird, wie Plattdeutsch oder Gälisch in Irland in den nächsten Jahrzehnten verschwinden und auch nicht mehr gelesen werden, so wie heute kaum noch jemand Sütterlin lesen kann!

Nun stand Weihnachten bald vor der Tür und ich wandte mich in diesem Jahr an meine Verwandten und Freunde in Deutschland: „Zum Weihnachtsfest wünsche ich mir von den Menschen, mit denen ich Umgang habe, dass sie mit mir deutsch sprechen!"

Was für ein Schrecken!

Wenn man selbst ein Haus baut oder auch renoviert, dann kennt man die Räume und Anlagen in der Regel ganz gut. Dem war hier aber nicht so, wie ich ja bereits bei der Gastherme in der Küche feststellen musste. Und durch eine nicht ausreichende Kenntnis der baulichen Gegebenheiten entstanden Situationen, die ich ganz bestimmt nie wieder vergessen werde.

Es war bereits Nachmittag und ich war gerade im Begriff mich zum Ausgehen anzuziehen, da gab es einen mächtigen Knall in der Küche. Es schepperte, als wäre Metall abgefallen und ich wollte gerade dorthin eilen, da hörte ich das Zischen des austretenden Gases…

O.k. – keine Panik! Und dann dachte ich daran, dass mein Ofen nicht richtig funktionierte und zwischendurch selbstständig immer den Funken zündete. Das passierte etwa jede Minute einmal. Und das Gas in der Küche… Innerhalb Sekunden wurde mir klar, dass gleich die Bude in bester Hollywood-Manier in die Luft gehen könnte, das Zischen war nämlich ziemlich kräftig! Ich rannte ein paar Schritte in Richtung Schlafzimmer, um das Stammbuch und die Reisepässe mit zu nehmen, die ich in diesem Moment als das Wichtigste (Jakob war ja in der Schule und der großartigste Ehemann aller Zeiten in der Firma) erachtete. Dann dachte ich aber wieder an meinen Herd und entschied, dass mir mein Leben doch mehr Wert war, als das Stammbuch, griff im Laufen meine Jacke und meine Schuhe und rannte in Socken die vier Stockwerke hinunter auf die Straße, überquerte diese und hielt erst beim Le Grande (dem französischen Restaurant in der Straße gegenüber) an. Dieser Abstand musste reichen, um nicht von explodierenden Trümmerteilen und einstürzenden Wänden erschlagen zu werden. Vor dem Le Grande stand immer ein Uniformierter, der die Autos parkte und den Gästen die Tür aufhielt. Er schaute ein bisschen komisch, als ich mir neben ihm die Schuhe anzog. Immerhin waren es – 4 Grad und es schneite.

Ich blickte gespannt auf die Fenster unserer Wohnung und dachte ganz mitleidig an den neuen Vermieter. Ist ja auch Pech, wenn man so eine irre teure Wohnung kauft und ein paar Wochen später fliegt sie in die Luft…

Es dauerte gar nicht lange, da fühlten sich meine nassen Socken in den Schuhen auch nach -4 Grad an, die Nase begann zu laufen und meine Finger spürte ich bereits nicht mehr. Der Wachmann und ich haben übrigens gemeinsam auf unsere Fenster geschaut, auch wenn wir kein einziges Wort wechselten, musste er die Brisanz der Situation gespürt haben. Aber es knallte nicht und nach einer Viertelstunde stand ich vor der Wahl, entweder zu erfrieren oder in die Gaswohnung zurück zu kehren. Um dort an einer Vergiftung zu sterben oder aber über die Dächer gebombt zu werden. Und weil ich Erfrieren ganz und gar ablehne, stieg ich vorsichtig das Treppenhaus hinauf. Die Tür öffnete ich so unglaublich vorsichtig, um nur ja auch nicht den winzigsten Funken auszulösen und horchte um die Ecke zur Küche. Stille. Mit dem Rücken an der Wand stand ich da und hörte mein eigenes Herz laut schlagen. „Na," dachte ich, „wenigstens schlägt es noch!" Dann klickte es und es stellten sich mir alle Nackenhaare auf. Aber kein Feuerball wälzte sich auf mich zu. Mit angehaltenem Atem schaute ich um die Mauer. Die Gastherme sah völlig normal aus. Das Klicken kam von unten… Und dann sah ich die Lache, die sich aus dem Schrank unter meiner Spüle bereits auf Erkundungstour über den Fußboden bewegte. Schaumig und blubbernd suchte sie nach Ritzen, in denen sie sich niederlassen konnte.

Ich öffnete die Klapptüren des Küchenschrankes und das erste was ich spürte war Hitze, die daraus empor kam. Und ich sah die geplatzten Bierdosen neben ihren Kollegen, die auch bereits die Deckel nach oben gewölbt hatten und sich auf das explosionsartige Entladen ihres Inhaltes vorbereiteten! Überall klebte das versprühte Bier.

Und langsam wurde mir klar, was sich abgespielt hatte: Hinter (!) meiner Spüle, also direkt im Küchenschrank (die Rückwand des Schrankes wurde ausgebaut) war eine Heizung montiert! Und, wie bereits angesprochen, ließen sich die Heizungen in Russland nicht regeln. Entweder an oder aus. Und wenn „an" dann wurde sie auch richtig heiß. Zwei Paletten Bierdosen wurden also über mehrere Tage in diesem Schrank gar gekocht, bis die Erste von ihnen diese Folter nicht mehr länger ertrug, explodierte (das war der Knall) und das Zischen beim Austreten des Bieres hat mich glauben lassen, es sei das Gas aus einer defekten Therme direkt darüber.

Den Nachmittag verbrachte ich dann mit Putzen statt einkaufen. Aber beim Nachdenken sagte ich mir, das mir diese Auflösung der Geräusche so viel lieber war und, dass ich noch nie so gern geputzt habe!

Warum Väterchen Frost sich Zeit lässt

Wir waren mal wieder ohne Internet und ich war heilfroh, dass ich eine Jahreskarte für die Eremitage besaß! Ich schlenderte nämlich nicht nur einmal in der Woche durch die heiligen Hallen, sondern konnte das dortige Internet-Cafe nutzen, um meine Berichte zu verschicken oder auch die eingegangenen Briefe zu bearbeiten.

Und genau dorthin wollte ich an einem Vormittag aufbrechen. Direkt aus der Dusche kommend, riss ich die schweren Vorhänge im Schlafzimmer auf, um das dürftige Tageslicht in den Raum zu lassen und schaute in die Gesichter einiger Männer auf dem benachbarten Dach! So schnell habe ich die Vorhänge noch nie zugezogen!

Durch den Schneefall in den letzten Wochen wurde die Last auf den Häuserdächern zu schwer und darum tummelten sich vielerorts Schneeschipper dort oben und befreiten die Dächer von der weißen Pracht. Und das sogar noch mitten in der Nacht! Noch um 22.30 Uhr begann einer direkt über unserem Wohnzimmerfenster die meterlangen Eiszapfen herunter zu schlagen. Ich werde den Rest des Winters auf jeden Fall nicht mehr unbekleidet durch die Wohnung hüpfen!

Auf dem Heimweg vom Museum bemerkte ich in der benachbarten Straße ein Großaufgebot an Pumpwagen und alles war weiträumig abgesperrt. Die Straße stand unter Wasser und das bis hoch zu den Gehwegen (ca 50 cm, die Bordsteine sind sehr hoch). Wasserrohrbruch. Ich hatte Mitleid mit den Läden, die an dieser Ecke unter dem Straßenniveau ihre Waren verkauften und hoffte für sie, dass das Wasser nicht in ihre Geschäfte drang. Allerdings waren wir wohl indirekt auch davon betroffen, denn unsere Nachbarin machte mich darauf aufmerksam, dass es wohl sein könnte, dass das Wasser abgestellt werden würde – und zwar für die ganze Straße. Wann das passiere und wie lange es dauern könnte, wusste sie auch nicht. Es könne sich aber unter Umständen um einige Tage handeln… Gut, dass wir so viele Töpfe besaßen!!! Diese und alles andere an Eimern füllte ich mit Wasser, damit wir wenigstens etwas für die Toilettenspülung hatten.

Im schlimmsten Fall mussten wir uns Schnee zum Waschen hochschleppen oder Wasser aus der Newa benutzen, für das Klo würd's ja reichen.

Ich stellte inzwischen fest, dass ich bei solchen Unannehmlichkeiten doch ziemlich entspannt war. In Deutschland wäre ich in solchen Situationen wohl eher genervt gewesen, da dort Probleme auch zügig gelöst wurden und tagelanges Wasser absperren kann ich mir in Deutschland nicht wirklich vorstellen. Hier war das irgendwie normal, dass nicht alles immer funktionierte. Ob es das Internet war oder das Telefon (wir bekamen keinen Festnetz-Anschluss, zahlen durften wir aber dafür), ein Mietvertrag oder die Putzfrau, ein Taxi, welches bestellt aber nicht gekommen war oder der Verkehr, der nicht voran ging. Irgendwas war immer. Und das komische: Man gewöhnte sich daran und versuchte halt, sich selbst zu helfen. Meistens klappte das auch.

Mitte Dezember war es dann auch endlich mal ein bisschen kälter mit -12 Grad. Und ich dachte: „Jetzt kommt er endlich, der russische Winter!". Ha! Weit gefehlt, am Sonntag feierten wir den dritten Advent und Sankt Petersburg den Tag mit 0 Grad und grauem Schmuddelwetter!

Ich muss schon sagen irgendwie hatte ich das Gefühl, Väterchen Frost habe dieses Jahr verschlafen! Oder er hatte den Kommunismus satt und war ausgewandert. Vielleicht erfreute er sich aber auch bei einer Affäre mit einer „Jahresend-Flügelfigur" (kein Witz, so hießen „Engel" in der damaligen DDR!). Er könnte auch zu einer Gipfelkonferenz der globalen Jahres-Endzeit-Verantwortlichen gefahren sein. Dort finden sich neben dem Christkind, Knecht Ruprecht, dem Nikolaus und Väterchen Frost noch andere Vertreter der verschiedenen Weihnachts-Kulturen und beraten darüber, ob und wie man den „Weihnachts-Coca-Cola-Trucks" am nachhaltigsten die Reifen durchstechen könnte. Inzwischen ist es ja bald wichtiger, auf diese beleuchteten roten LKW zu warten, als aufs Christkind! Und seinen Wunschzettel kann man dort auch gleich abgeben, die Pferdestärken-Strotzer besuchen nämlich die Weihnachtsmärkte in Deutschland und machen daraus ein Event! Selbst in Giengen stand einer und die Menschen standen Schlange, um einen Blick hinein werfen zu können oder gar eine Runde durch die Stadt zu drehen. Und was schreibt man auf den Wunschzettel im „Weihnachts-Truck"?! Vermutlich als email werden Herzenswünsche verschickt, wie:

„Lieber Santa Claus! (der von Coca Cola heißt ja nicht Weihnachtsmann!) Ich find`s toll, dass du nicht mehr mit so einem alten Schlitten fährst und auch nicht mehr in der Nacht, wenn dich keiner sehen kann! Auch, dass du schon lange vor Weihnachten umherfährst und Werbung machst, finde ich prima. Für das heilige Fest wünsche ich mir drei Kästen Cola Light und ein Fanta-Orange. Bitte stell die Kästen aber nicht unter unseren Weihnachtsbaum, sondern in den Keller, damit sie nicht warm werden!"

(Und mit einem Tacker noch eine kleine virtuelle Ergänzung angeheftet:)„Von meiner Mutter soll ich noch ausrichten, wenn du an den Gräbern vom Christkind und Knecht Ruprecht vorbei kommst, dann stell doch bitte eine Kerze von uns auf, wir können sie in dieser Generation nämlich nicht mehr finden, da der Weihnachts-Kurs auf unserem Navi leider zu aktuell ist!"

(Abgesendet vom neuen I-Phone)

Weihnachtsurlaub

Alle Jahre wieder, zumal, wenn man im Ausland weilt, findet über Weihnachten und Sylvester das beliebte „Verwandten-Hopping" statt. Hierbei galt die Regel: Spätestens nach zwei Nächten die Stadt zu wechseln, um einen Jeden zu besuchen, den man in der Ferne vermisste. Dabei konnte man sich darauf freuen, dass man allerorts mit Keksen und Weihnachtsessen versorgt wurde, weil man die Allgemeinheit davon ausging, dass wir so etwas hier in Petersburg nicht hatten. (Was bei den Keksen ja auch stimmte, da ich leider nicht backen konnte).

Eigentlich hätten wir das ganze Jahr über fasten müssen, um diese Zeit dann einfach unbeschwert genießen zu können. Und das war gar nicht ironisch gemeint: Ich fand das toll, wenn ich bei Freunden und Verwandten verwöhnt wurde!

Es machte auch nichts mehr aus, dass man alle zwei Tage dieselben Geschichten erzählte, weil meist die gleichen Fragen gestellt wurden. In den ersten Jahren in China hatte mich das ziemlich genervt – diesmal sah ich der Erzählerei ganz gelassen entgegen.

Was mich momentan gar nicht gelassen machte, war die Aussicht auf den Flug, der am nächsten Tag anstand! (Fliegen im Winter, mit Schnee und Eis auf Start- und Landebahn ist etwas, worauf ich mich so gar nicht freuen kann!). Aber pflichtbewusst verbrachte ich den Tag mit Kofferpacken, waschen, bügeln, putzen, kochen und wischen. Auch die Weihnachtsdeko ist wieder in ihrem Karton verschwunden, denn wenn wir wieder zurück kamen, war die Weihnachtszeit vorbei und unser kleines Tannenbäumchen hatte ja ganz tapfer die ganze Zeit durchgehalten! Jetzt durfte es mit gebrochenen Zweigen in einer Mülltüte den Kiefernzapfen Lebewohl sagen, bevor ich es abends im Park in die ewige Flamme schmiss. (Oder einfach zum Müll...) Und nachdem ich durch die Wohnung getobt und alles erledigt war, bemerkte ich bestürzt, dass offensichtlich eine Blasenentzündung nebst Erkältung im Anmarsch war, mit allen dazu gehörigen Anzeichen.

Ich dachte mir so etwas Ähnliches wie „So ein Mist!" und stellte mir den Flug und vor allem die Weihnachtsreise in

Deutschland vor. Und panisch wurde mir schlagartig klar, dass etwas unternommen werden musste! Zuerst einmal dieses neuartige „Aspirin-Heißgetränk" hinunter gewürgt. Das schmeckte so ähnlich wie Glühwein mit Zahnpasta – und wehe, das half nicht! Und dann, da musste man durch: Literweise Tee trinken. Und hoffen, dass das Unheil noch abgewendet werden konnte. Denn im Flieger zu sitzen und permanent das Gefühl zu haben, aufs Klo zu müssen, konnte einem die Reise schon sehr verleiden! Vor allem, wenn man allein bei dem Wort Flugzeug schon die Schweißperlen auf der Stirn stehen!

Und beim Hoffen und Warten auf Besserung kam mir ein Gedanke: Ich halte mich ja (und das ist nicht wirklich ernst gemeint, sondern nur ein Spaß) für einen von Gottes liebsten Engeln. Zum Beispiel, wenn das Wetter es ganz besonders gut mit uns meint, dann behaupte ich: „Schau, das hat der liebe Gott extra für einen seiner liebsten Engel geschickt!" (obwohl natürlich jeder weiß, dass Petrus das Wetter macht)

Aber können Engel überhaupt eine Erkältung bekommen?! Oder kriegen die nicht eher eine „Krippe" .....

Neujahrs-Gedanken

Es war ja ein traditioneller Zeitvertreib, sich kurz vor dem Beginn des Neuen Jahres gute Vorsätze zu überlegen. Mein Vorsatz hätte dabei allerdings lauten müssen, diese Überlegungen nicht jedes Jahr zu vergessen. So, dass ich am ersten Januar regelmäßig ohne gute Vorsätze dastand. 2012 war ich da allerdings optimistisch, weil ja am 21.12. eh die Welt untergehen sollte. Ich erachtete es also als pure Zeitverschwendung, mir Gedanken über gute Vorsätze für ein Jahr zu machen, das es ja gar nicht mehr geben würde! Nun meinte aber der Weltuntergang urplötzlich, sich auf unbestimmte Zeit zu verspäten (er wurde vermutlich von der Deutschen Bahn organisiert) und da war es wieder, das Dilemma ohne einen guten Vorsatz da zu stehen. Ich konnte also ohne schlechten Gewissens die Maya oder auch gleich die Deutsche Bahn dafür verantwortlich machen. Andererseits sollte man ja bekanntlich die selbst eingebrockte Suppe auch selbst auslöffeln, darum gab ich zu es wieder mal vergessen zu haben und mit einem Schmunzeln zu bedenken, dass gute Vorsätze sowieso Früchte sind, die abfallen ehe sie reif sind!

Weihnachten war vorbei und damit auch das Hirn-Zermartern, wem man nun was schenken wollte. Früher wurden dann Einkaufs-Expeditionen durchgeführt. Im Schneetreiben gegen den scharfen Ostwind gebückt durch die Fußgängerzonen. Mit entschlossenem Blick und die Augen zu Schlitzen verengt das Geschenk festhaltend, dass man so lange gesucht hat und das eine andere Kundin gerade im selben Moment gegriffen hatte! Die Antwort auf die bange Frage: „Wo verstecke ich die Päckchen für die Kinder, ohne, dass sie es finden?" - Und tief im Inneren das Wissen, dass es einen solchen Platz auf dieser Welt nicht gab.

Heute sind solcherlei Erlebnisse eher die Ausnahme, da es viel einfacher ist, alles per Internet zu bestellen. Und auch die Geschenke selbst haben sich gewandelt und der neuen Zeit angepasst. Wurden früher Bücher verschenkt, sind es heute kleine Flachbildschirme, auf denen man die virtuellen Seiten mit einem Wisch über das Glas „umblättern" kann. Dank des beleuchteten Bildschirmes kann man auch ohne Taschenlampe unter der Bettdecke lesen! Ich habe mir Gedanken darüber gemacht, ob das nicht auch was für mich wäre. So ein „E-Book" ist ja auch viel leichter als „normale" Bücher und man hat sie hinterher nicht im Bücherregal stehen. Außerdem sind die elektronischen Bücher sogar billiger!

Aber das „E-Book" riecht nicht nach Buch. Es ist kalt und glatt und ein weiterer Baustein der schnelllebigen Wegwerf-Gesellschaft. In dem Ding „verschwinden" Bücher viel zu schnell ins Vergessen. In einem Buch aus Papier kann ich nach Jahren an den welligen, tränengetränkten Blättern noch erkennen, an welcher Stelle die Geschichte mich zum Weinen gebracht hatte. Sandkörner zwischen den Seiten erinnern mich an den Strand, an dem ich es gelesen habe. Die abgerissene Stelle an den Streit mit meiner Schwester, die das Buch auch mal haben wollte und der Staub darauf, dass ich meine Haushalts-Pflichten wohl mal wieder vernachlässigt habe… In manchem Buch steht vorn eine Widmung, von wem ich dieses Buch wann bekommen habe. Ein echtes Buch kann man auch noch lesen, wenn es kurz in den Suppenteller gefallen ist und es funktioniert ganz ohne Strom! Außerdem ist das verbotene Lesen unter der Bettdecke mit Taschenlampe viel spannender. Ein eingepacktes Buch geschenkt zu bekommen ist schön – ein Fingernagel großes Speichermedium, mit welchem man das neue Buch in sein „E-Book" laden kann sieht, mit Verlaub, einfach „mickrig" aus…

Wenn ich mir so anschaue, was es alles Elektronisches bereits gibt, dann ist es gar nicht so skurril sich vorzustellen, dass ein Bildschirm in der Kühlschranktür einen morgens mit den aktuellen Nachrichten begrüßt und der Kaffee bereits fertig in der Kanne ist (man kann ja jede billige Kaffeemaschine inzwischen „programmieren").

Wenn wir die Milch aus dem Kühlgerät nehmen und nach Gebrauch zurückstellen, wird der Kühlschrank die Differenz zwischen vorher und nachher feststellen, dies mit den bereits angelegten Daten über unser Konsumverhalten abgleichen und selbstständig neue Milch bestellen, bevor sie alle ist. Und so geht das mit allen Lebensmitteln. (Selbstverständlich hat das Gerät auch die Verfallsdaten der Waren gespeichert!) Man kann dann einfach im Internet ein Rezept anklicken, es auf ein Datum speichern und dann kauft der Kühlschrank die benötigten Waren bei einem Online-Vertrieb ein. Natürlich mit Lieferung, das erspart das lästige Einkaufen. Der Roboter saugt unsere Wohnung, während wir online einen Party-Service für den Kindergeburtstag unserer Kleinen aussuchen. Es wird für jeden Handgriff eine elektronische Hilfe geben und jede Entscheidung gibt es bereits vorgefertigt, damit wir nicht mit der Findung einer solchen überfordert werden und gar noch Depressionen bekommen! Ob wir damit glücklicher und erfüllter leben?! Wohl nicht. Der Unterschied ist allerdings: Dann denken wir ja nicht mehr darüber nach!

Natürlich hat jede Erfindung ihre Vor- und Nachteile und man muss ganz allein entscheiden, wie weit und wie schnell man in der Zeit aktuell bleiben und mit dem Strom mitschwimmen möchte. Und die Flut an elektronischen Daten spart ja nun wirklich unglaublich viel Papier! Schließlich sind wir ja in den 80ern gegen das Waldsterben und die Verschwendung von Rohstoffen auf die Straßen gegangen. Aber hätte ich damals geahnt, in welch schwindelerregend kurzer Zeit sich die Menschheit gegen das selbstständige Denken entscheidet, ich glaube, ich hätte meinen Parka wieder ausgezogen...

Sonne pur!

Man sagt ja im Allgemeinen: „Man merkt erst dann wie sehr man etwas braucht, wenn man es nicht mehr hat!" Da ist was dran. Noch im Weihnachtsurlaub in Deutschland stellten wir fest, dass wir uns die Dunkelheit im russischen Winter schlimmer vorgestellt hatten. Und, dass es uns gar nicht so viel ausmachte, dass man den Sonnenball tagsüber selten sah. Zum einen, weil die Sonne kaum über den Horizont hinweg kam und zum anderen, weil oft so dichte Bewölkung herrschte, dass selbst das wenige Tageslicht kaum hindurch fand.

In den dunkelsten Tagen ging über den Zustand der Dämmerung tagsüber selten hinaus. An einem Mittwoch aber schien mal wieder die Sonne. Jakob und ich hatten einen kleinen Magen-Darm-Infekt überstanden und von daher war ich noch etwas schlapp und dachte, es wäre keine schlechte Idee in den Park zu gehen und den Kreislauf mit Licht und Luft und vorsichtiger Bewegung ein bisschen zu verwöhnen.

Der Mediziner weiß ja, wie sich Sonnenlicht auf den menschlichen Organismus auswirkt. Allgemein belebt Licht den gesamten Stoff- und Energiewechsel durch die unmittelbare Zufuhr physikalischer Energie. Beim Aufenthalt in der Sonne produziert die Haut Endorphine. Das sind körpereigene Substanzen, welch mit opiatartiger Wirkung durch ihre Bindung an die gleichen Membranrezeptoren andocken wie das Morphin. Ihre Wirkung liegt u.a. darin, dass sie die Stimmung heben…

Nach dem langen Sonnenentzug des Winters war die halbe Stunde UV-Strahlung pur im Park dann wie ein Direkt-Doping! Ich fühlte mich nicht nur spontan geheilt und fit sondern auch noch vollkommen unangreifbar für alle Viren dieser Welt! Völlig überrumpelt bemerkte ich, dass sich ein (für russische Verhältnisse und Höflichkeit etwas unpassendes) breites Grinsen auf meinem Gesicht nicht abstellen ließ und stellte mir vor, wie blöde das wohl aussehen musste. Es war nur leider unmöglich, die Wangenmuskulatur zu entspannen. Offenbar hatten die Endorphine mit ihrer Opiat-Wirkung mal eben die Kontrolle über meinen Organismus übernommen.

Es hat sich angefühlt, wie die Beschreibungen der Blumenkinder, wenn sie auf Droge waren: Alles war ganz wunderbar, bunt, frei und schön. Alle Sinne überempfindlich, der Schnee knirschte viel lauter und ich hatte den Eindruck, ich könne ihn sogar riechen! Und dann kam die Wirkung, die ich am wenigsten bei diesem Trip erwartet hatte: Mit dieser Extra-Portion Glückshormone fand ich plötzlich alles unglaublich attraktiv, was sich auch nur annähernd als männlich darstellte! Selbst den Penner, der sich an der Flamme im Park die Hände wärmte...

Das war der Moment, an dem ich eilends nach Hause lief, um wieder „runter zu kommen". Erschreckend, was die Natur aus uns macht!

Ran an den Speck!

Wer von Weihnachten und Feiertagen nicht genug bekommen kann, der ist in Sankt Petersburg genau richtig. Denn nach unserer Wiederkehr aus dem Deutschland-Weihnachtsurlaubes fing es hier noch einmal mit dem Heiligen Abend an. Am 6. Januar feiert man in Russland nämlich ebenfalls die Heilige Nacht. Die Orthodoxe Kirche hat sich ja damals dem Gregorianischen Kalender nicht angeschlossen und hält bis heute an dem Julianischen fest. Und weil nicht nur der Weihnachtsabend 13 Tage später gefeiert wurde, hatte auch der Weihnachtsmarkt bis zum 14. Januar geöffnet. Denn am 13. Januar war Sylvester! Und am 19. Januar zogen die Sternsinger umher, weil es ja „Heilige drei Könige" waren. An diesem Tag war es Brauch, zum Eisbaden zu gehen. Es waren -18 Grad Celsius. Da wollten wir nicht mal zum Zuschauen hin und schon gar nicht zum Baden!

Im „Petersburger Herold" stand ein russisches Sprichwort: „Eine ausweglose Situation ist eine Situation, aus der es nur einen Ausweg gibt." In meinem Fall lag die Situation darin, dass ich dringend Gewicht verlieren musste, wenn ich mich im Türkei-Urlaub nicht vollkommen blamieren wollte… Nur wollte es mit dem Abnehmen irgendwie nicht so recht klappen. So gab es denn tatsächlich nur noch den einen Ausweg: Ab ins Fitness-Studio! Eine Viertelstunde Fußmarsch von unserer Wohnung entfernt lag die Muckibude mit ihrer gläsernen Fassade, so dass man bereits von der Straße aus die schwitzenden Leiber beim Sport bewundern konnte. Allein das Treppensteigen in den dritten Stock trieb meinen Puls nach oben und ich liebäugelte kurz mit dem Gedanken, lieber gleich in den 5 Stock zu klettern – dort gab es nämlich einen Wellness-Beauty-Bereich. Aber nein: Zähne zusammenbeißen und hinein! Es war wirklich ein sehr modernes, sauberes und riesengroßes Studio. Sogar einen Boxring hatten sie dort. Und diese Kurse wie Aerobic, Stepping, Spinning, die kennt man ja inzwischen. Außerdem gab es dort aber auch „Strip" und „Poledance" (also das „an-der-Stange-tanzen" aus dem Nachtclub)….

Der großartigste Ehemann aller Zeiten war auch schon dort und während er auf dem Laufband seine Kilometer abarbeitete, kam eine Gruppe GoGo-Girls zum Training. Er wusste gar nicht, wo er hingucken sollte. (Das behauptete er jedenfalls!) Aber zumindest konnte er hinterher feststellen: „Das waren vielleicht Granaten!"

Während ich mich innerlich gerade zu den heldenhaften 15 Minuten Durchhalten auf dem Laufband beglückwünschte, kamen denn auch andere Gäste, die alle problemlos bei den Casting-Models hätten mitlaufen können. Und auch die Männer machten entweder einen „Du-kommst-hier-nicht-vorbei-Türsteher-Eindruck" oder buhlten um den Titel „Sexiest man alive" (und im Gegensatz zu dem großartigsten Ehemann aller Zeiten habe ich sehr wohl hingeguckt!) Gut, dass nicht überall Spiegel hingen, sonst wäre ich in diesem Moment vermutlich wie ein geprügelter Hund in die Umkleide geschlichen. So aber konnte ich mir unter Aufgebot all meiner Phantasie vormachen, ich sei gar nicht soooo weit von diesen „Granaten" entfernt und trainierte tapfer weiter. Nach einer Stunde war ich dann so ausgepowert – aber unendlich stolz! – dass es ein Gefühl war, als hätte ich den Weg von Deutschland nach Russland zu Fuß zurückgelegt. Und dann entdeckte ich das Allerschönste an diesem Studio: Direkt in der Umkleide gibt es eine Sauna und ein Solarium! Herrlich!

Februar

Es war bereits die erste Februarwoche verstrichen und noch
immer stellte sich der russische Winter, mit Verlaub gesagt,
recht mickrig dar. Temperaturen um die -3 bis 0 Grad, der
Schnee war fast geschmolzen und das Schmuddelwetter machte Sankt Petersburg nicht gerade hübscher. Na, vielleicht
würd's ja noch was. Immer wieder sah man auf den Dächern
der Häuser und Kirchen Männer, welche den Schnee von den
Dächern schippten und die Eiszapfen abhauten. Einige Tage
zuvor war ich auf dem Laufband im Fitness-Studio und beobachtete einen Mann dabei wie er die Kathedrale nebenan von
der weißen Last befreite. Ohne Sicherungs-Seile. Ich schwitzte
doppelt so arg wie ohnehin schon, weil ich ständig Angst hatte,
er würde hinunter stürzen. Letzte Woche lag ja auf den Gehwegen noch plattgetretener Schnee als Petrus beschloss, es
könnte doch einfach auch mal kurz wärmer werden. Das Resul-
tat bemerkte ich, als ich zum Sport ging. War das ein Geeiere!
Es war eine spiegelglatte, eisige und nasse Geschichte und ich
habe einige Passanten gesehen, die gefallen sind. Nach zwei
Stunden auf dem Rückweg hatte man die Wege dann mit Massen von Streusalz überschüttet und ich war immens dankbar
dafür, auch wenn mir bewusst ist, dass die Umwelt sich nicht
sonderlich dafür begeistert.
Inzwischen hatte Jakob in der Schule seinen Platz gefunden
und überraschte uns mit einem Zeugnis, in dem die schlechtes-
te Note eine 2- war. Damit erhielt er die Empfehlung zum
Gymnasium, was uns alle in einen wahren Freudentaumel fallen ließ! (Wenn Jemand etwas ganz toll macht, dann darf man
das auch ruhig mal öffentlich sagen)   Schade, dass wegen der
Nachmittagsschule keine Zeit blieb, mit dem Fechten weiter zu
machen. Aber dafür nahm er in der Schule an einer AG „Kara-
te" teil, da unterrichtete ein echter „Großmeister" und Jakob
war schwer begeistert von seinem Lehrer! Die erste Prüfung
hatte er auch schon und ich durfte ihm daraufhin eine gelbe
Litze auf seinen Gürtel nähen. Schon erstaunlich, dass wir
Mütter mit einem stolzen Lächeln irgendwelche Schwimmab-
zeichen oder sonstige Litzen auf Sportbekleidung nähen – ob-

wohl wir Mütter die Leistung doch gar nicht vollbracht haben! Ich nenne das jetzt einfach mal „Familienstolz".

Zur Belohnung nahmen wir Jakob mit ins Ballett. Im Michalsky-Theater wurde nämlich das Kinderballett „Dornröschen" gezeigt. Er wollte ja schon länger mal mit, doch ich glaubte die „normalen" Vorstellungen wären für ihn noch zu lang und einen nölenden 9jährigen, der nach der Pause keine Lust mehr hat, wollte ich nicht neben mir haben. Wenn es ihm gefiel, konnte er ja gerne auch weitere Stücke mit uns ansehen. Nein, Jungs werden nicht „uncool", wenn sie sich ein Ballett anschauen!

Die Tage wurden wieder länger. Und wir merkten es deutlich! Es wurde jetzt schon gegen 10 Uhr hell und das tat der Seele unwahrscheinlich gut. Die fehlende Sonne holte ich mir in den letzten Wochen im Fitness-Studio vom „Poppergrill" (der Ausdruck für das Solarium kommt von meiner Freundin), der mir eine leichte Urlaubsbräune auf die Haut strahlte. Das sparte nicht nur die Vitamin-D-Medikamente, sondern auch Make-up und ich fiel optisch nicht mehr so auffallend als Kalkleiste zwischen den Mädels auf...

Es wird heller!

Der Februar war auch schon fast wieder vorüber und man merkte deutlich, wie die Tage länger wurden! Es waren jetzt jeden Tag 6 Minuten mehr Licht und das tat der Seele so gut. So richtig gelitten hattem wir unter der Dunkelheit eigentlich nicht, doch es drückte mit der Zeit schon ein wenig auf die Stimmung. Um dem entgegen zu wirken war Sport eine gute Sache. Gerade bei Jakob merkte man ziemlich deutlich wenn er nicht ausgelastet war und darum nahm ich ihn am Wochenende mit ins Fitness-Studio. Dort war Sergei sein „Personal Trainer", weil Kinder natürlich nicht allein an die Geräte durften und dieser jagte den Knaben dann eine Stunde über Laufbänder, Rudergeräte und Mucki-Maschinen. Und Sergei war nicht zimperlich! 15 Klimmzüge waren gerade mal zum Aufwärmen und während der Blondschopf ächzte und schwitzte, feuerte ihn sein Trainer an: „One more, come on, one more!" Danach durfte er noch eine halbe Stunde selber an den ungefährlichen Geräten turnen und nach Sauna und Duschen schlurfen wir fix und fertig nach Hause – beide mit einem fetten Grinsen im Gesicht, das bis zum nächsten Morgen anhielt. Und dann kam der Muskelkater!

Meine Freundin meinte ja, ich solle doch mal was über die Menschen in diesem Studio schreiben. Nun gut: Bisher war mir niemand dort unfreundlich oder abweisend begegnet. Wenn ich in der Sauna saß, sprachen mich ganz oft Frauen an, oft auch auf Deutsch, ansonsten sprachen fast alle englisch. Die meisten Damen hätten bei der „Miss World"-Wahl adäquate Chancen gehabt. Unvorstellbar, wie viele wunderschöne Mädchen da herum rumliefen! Zum Glück auch ab und zu mal ein paar „Normale" – eine Dame kommt dreimal in der Woche zur gleichen Zeit wie ich und wir grinsten uns immer ganz erleichtert an.
Wenn Barbie mal wieder in ihrem neonfarbenen Sport-Dress neben mir über das Laufband flitzte, dann fragte ich mich immer, wie die Mädels es anstellten, nicht zu schwitzen?! Bei mir lief nach zwei Minuten die Suppe aus allen Poren und Püpp-

chen stellte nach einer halben Stunden das Band ab und hatte lediglich gerötete Wangen... Und noch etwas ist schwer zu verstehen: Wenn die Mode-Mädels ihre Sporthosen auszogen, trugen fast alle darunter einen String-Tanga. In Spitze, versteht sich. Und nicht etwa Sport-Buxen aus Baumwolle, wie unsereiner.

Egal, wie hochqualitativ dieses Material auch sein mag – das muss doch beim Sport scheuern!!! Und das in diesem Bereich... Kann man eigentlich überall Hornhaut bekommen?!

Tag des Vaterlandverteidigers!

Die russische Bevölkerung hat ein anderes Verhältnis zum Militär und Kriegsgeschichte, als die Deutschen. Das haben wir letzten Sommer schon erleben dürfen, als die großen Paraden auf dem Schlossplatz abgehalten wurden und die geschmückten Panzer von der Masse am Straßenrand bejubelt durch die Innenstadt rappelten. Auch wohnten wir ja nun neben dem Marsfeldpark, in diesem brannte in der Mitte eine Flamme, die an die gefallenen der Februarrevolution erinnern sollte. Wir waren auf der Aurora, dem einst so stolzen Kriegsschiff und im Militärmuseum und durften feststellen, dass man ein so grausames Ereignis wie einen Krieg auch durchaus verherrlichen kann.

Für uns unverständlich, in Russland aber total angesagt: Abenteuer-Ferien-Camp für Kinder ab 6 Jahren – im Militär-Lager! Mit echten Soldatenausbildern lernten die Kleinen in ihren Ferien den Umgang mit der allseits beliebten Kalaschnikov, Disziplin und „Schmerzen ertragen" und konnten schon mal einen guten Eindruck bei ihren späteren Ausbildern hinterlassen.

Wenn man sich diese Einstellung nun bewusst machte, dann war es nicht mehr überraschend, dass einer der größten Feiertage den „verdienten Helden des Volkes" zukam: Den Vaterlandverteidigern! Man feierte also den Mann. Und wer je erlebt hat, wie Russen feiern können, kann in Ansätzen erahnen, was hier in der Innenstadt los war!

Der Geburtstag der Roten Armee wurde auf allen Kanälen natürlich auch von Präsident Putin angemessen gewürdigt. Seine Rede war auf den riesigen Bildschirmen zu sehen.

"Ich kann verantwortungsbewusst und mit voller Sachkenntnis sagen, dass nur Dank der Selbstaufopferung, des Mutes und des Heldentums unserer Offiziere und Soldaten eine sehr schwierige und sehr gefährliche Grenze in unserer neuesten Geschichte überwunden werden konnte", sagte er.

(An dieser Stelle enthielt ich mich eines Kommentars, konnte mir ein Grinsen jedoch nicht verkneifen.)

Laut der offiziellen Geschichtsschreibung der Sowjetunion schlug die Rote Armee an diesem Tag im Jahre 1918 die deutschen Truppen vernichtend bei Pskow und Narwa.

Nach eingehender Erforschung der Dokumente kamen die Historiker jedoch zu dem Schluss, dass diese Annahmen jeglicher Grundlage entbehren: Laut Archivdaten befanden sich die Deutschen am Abend des 23. Februar etwa 55 km von Pskow und rund 170 km von Narwa entfernt. Aufzeichnungen über Gefechte an diesem Tag sind weder in den deutschen, noch in den russischen Archiven zu finden.

In weniger als zwanzig Jahren verwandelte sich dieser Mythos im Bewusstsein der Russen jedoch in einen historischen Fakt. Demzufolge wurde, während des Großen Vaterländischen Krieges, der 23. Februar als Tag der ersten Siege der Roten Armee über die Deutschen begangen.

Nach dem Zerfall der UdSSR nahmen einige ehemalige Sowjetrepubliken davon Abstand, den 23. Februar zu feiern. Heutzutage wird dieser Feiertag nur in Russland, Belarus, der Ukraine und Kirgisistan begangen.

(dieser Absatz stammt aus dem Nachrichten-Magazin „Russland heute")

So ließen sich die „Herrlichkeiten" Russlands also feiern und hochleben! Und am Abend erschütterte ein Geschütz-Inferno die Stadt. Aus allen Rohren ballerten die Schüsse eine Stunde lang. Der großartigste Ehemann aller Zeiten und ich, die wir daheim auf dem Sofa saßen, bekamen eine vage Vorstellung, wie es sich wohl im Krieg anhören musste. Gruselig! Es bebte wirklich der Boden und die Scheiben klirrten... Wir waren heilfroh, als es mit einem gigantischen Feuerwerk endlich endete!

Ideologie für Jedermann

Eigentlich bin ich nicht zimperlich, wenn es um die Weitergabe der kommunistischen Ideologie geht. Ich weiß, dass es den Russen wichtig ist und lasse ihnen dieses Denken, denn es ist schließlich ihr Land und es ist ganz gewiss nicht meine Aufgabe, in Sankt Petersburg die gelebte Demokratie durchzusetzen.
Vor ein paar Wochen habe ich bereits ganz breit grinsen müssen, als mein Sohn von der Schule heim kam und begeistert berichtete, dass ja Russland die zweitstärkste Armee der Welt hätte. Ganz sicher! Das hat ihnen nämlich der russische Lehrer im Sachunterricht erzählt!
Wir haben uns dann mal die Weltkarte angeschaut und im Internet einen Vergleich durchgestöbert, was andere Nationen wie China, die USA, Frankreich, Großbritannien und so weiter an Armeen so zu bieten haben…. – da war wohl die Aussage des militär-affinen Lehrers doch eher ein Wunschdenken, denn eine Tatsache. Außerdem stellte sich später heraus, dass der Lehrer lediglich einen Scherz gemacht hatte, den mein Sohn nur nicht richtig verstand.
Ich habe diese Gelegenheit ergriffen, um meinem Sohn beizubringen, dass Lehrer eben nicht immer alles ganz genau wissen. Und, dass es absolut richtig ist, ihre Aussagen auch mal zu hinterfragen oder nachzuprüfen.

An russischen Schulen (bitte hier die Deutsche Schule St. Petersburg ausklammern!) war es ganz normal, die Lehrer zu bestechen, damit der eigene Nachwuchs auch adäquate Noten bekommt. Natürlich wurde dem Gebaren ein anderer Name gegeben: Man „beschenkte“ die Lehrer mit großzügigen Geld- und Sachgeschenken für die viele Mühe, die sie sich beim Drillen der Kinder gaben.
Je nach Geldbeutel und Klassenstufe (vielleicht auch Intellekt des Schülers?!) konnte das auch ruhig größere Beträgen sein. Und ohne einen dicken Blumenstrauß für die Lehrerin ging kein russisches Kind am ersten Schultag in die Lehranstalt. Es wurde erzählt, dass so ziemlich alles käuflich sei. Aus eigener

Erfahrung kann ich das aber nicht bestätigen, da ich einfach keinen Versuch unternommen habe, jemanden zu bestechen. Aber wer weiß, vielleicht bekäme man ja im Restaurant das Essen schneller, wenn ein Scheinchen den Besitzer wechselt?

Wie war noch gleich die primäre Aussage des Kommunismus – ach ja: „Alle sind gleich!"

Bei solchen Dingen bekomme ich immer wieder eine Gänsehaut...

Die Stadt erwacht

Endlich wurde es draußen wieder heller! Mitte Februar war es schon zu spüren, dass die Tage wieder länger wurden. Nun, Anfang April, war es bereits bis abends um 22 Uhr noch hell. Das wurde auch Zeit, da wir in zehn Wochen bereits die längste Nacht feiern wollten, in der es dann gar nicht mehr dunkel werden würde. Jakob und Michel machte das gar nichts aus, dass abends noch die Sonne aufs Sofa schien. Ich allerdings wurde jetzt immer später müde…

Noch krallten sich die Temperaturen mit eisigen Krallen an der Null-Grad-Grenze fest, als wolle der Winter (der ein für russische Verhältnisse ziemlich mickriger Winter war!) einfach nicht loslassen. Nur ab und zu flutschte er in die Plus-Werte und dann bevölkerten sich die Straßen.

Seit Anfang März fuhren auch wieder vermehrt Touristenbusse und die Reisegruppen schoben sich durch die Eremitage. Es fühlte sich an, als würde Sankt Petersburg aus dem Winterschlaf erwachen, sich verschlafen die Augen reiben, dann genüsslich strecken und in den Frühling blinzeln.

Die Hot-Dog-Stände waren so ziemlich die ersten Sommer-Attraktionen, die nach dem Winter das Stadtbild ergänzten.

Grün war es aber noch nicht. Seit ein paar Tagen schmolz wenigstens der Schnee, der in der Innenstadt eigentlich diesen Namen nicht mehr verdiente. Schwarz und klebrig beppte er auf und neben den Gehsteigen und machte jeden Gang zu einer Schlitterpartie. Dabei war das Eis unten mindestens genauso gefährlich, wie das Eis welches in riesigen Eiszapfen von den Regenrinnen hing. Manche Bürgersteige waren darum gesperrt – bei anderen wurden die Passanten ihrem Schicksal überlassen.

Eines Sonntags sahen wir, wie Blumenbeete vorbereitet, also umgegraben wurden. Und waren mächtig gespannt auf das, was nach Erzählungen von Bekannten der „Petersburger Frühling" war: An einem bestimmten Tag (meist Wochenende) fielen ganz viele LKW`s mit Soldaten in die Innenstadt ein und pflanzten ca. 20 cm große, im Gewächshaus vorgezogene

Tulpen und andere Blumen in die vorbereiteten Beete. Der Boden war zu lange gefroren, um der Natur ihre eigentlich dafür benötigte Zeit zu lassen, die Blumen selbst heraus zu treiben. Darum wurde „Frühling befohlen" wörtlich genommen und wenn man am nächsten Morgen aufwachte, war alles farbenfroh, wo am Tag zuvor noch tristes winterliches Grauschwarz geherrscht hatte. Die Russen „machten" sich den Frühling halt selbst. (Da konnte man wenigstens den ersten Frühlings-Spaziergang genau planen! Und war nicht, wie in Deutschland, von der eigenwilligen und unkontrollierbaren Natur abhängig!)

Es gab natürlich auch Leute, die wollten den Winter gar nicht mehr loslassen. Noch waren die Kanäle und die Bucht vor der Stadt zugefroren. Und eine beliebte Freizeit-Beschäftigung der Petersburger war das Eisfischen. Raus aufs Eis, Loch bohren, Angel hinein halten und warten.
Für mich wäre das keine Beschäftigung – aber wenn`s ihnen Freude machte...
Das Abtauen des Eises allerdings war jedes Jahr eine gefährliche Sache. Einige fuhren (gerade draußen in der Bucht) mit ihren Autos weit hinaus auf's Meer. Und da brachen eben im Frühjahr immer mal wieder Schollen ab und trieben hinaus. Jedes Jahr mussten einige Eisfischer mit dem Hubschrauber geborgen werden. Und auf dem Grund der Ostsee vor Sankt Petersburg gaben Dutzende Fahrzeuge nun den Meeresbewohnern ein neues Zuhause. (Und verseuchen das Wasser...)

Ein paar Wochen war es her, da vernahm ich beim Bettenmachen ein ungewohntes Geräusch. Ich hatte das Fenster zum Lüften geöffnet und hielt verdutzt inne: Vogelgesang! Erst in diesem Moment wurde mir klar, dass ich den ganzen Winter über keinen Vogel gehört hatte!
Nun, das Kreischen der Nebelkrähen und Möwen kann man nicht einmal mit viel gutem Willen zu „Gesang" erklären. Ich sah und hörte diesem kleinen Frühlingsboten eine Weile zu, wie er auf dem gegenüberliegenden Dach nach einem möglichen Partner rief und hatte einen richtigen Kloß im Hals. Hof-

fentlich kamen seine Kumpels bald nach, damit ich wieder etwas anderes hörte, als Autos.

Ein schrecklicher Unfall

Es war, als hätte Jemand mit den Fingern geschnipst und damit das Wetter umgestellt!

Es war sonnig und um die 5 - 10 Grad herum, öfter auch schon mehr. Die meisten Brunnen in der Stadt sprudelten jetzt wieder und wegen der braunen Rasenflächen warteten alle sehnsüchtig auf die Armee.

Am Sonntag waren Jakob und ich auf dem Schlossplatz zum Waveboard-Fahren. Waren da viele Menschen! Als hätten sich alle verabredet, mit ihren Inlinern, Rollern, Fahrrädern und Skateboards. Aber zum Glück war der Platz ja groß genug. Und wir aßen unseren ersten Hot Dog in diesem Jahr an der Schlossbrücke neben der Eremitage, die fahrbaren Stände waren also auch wieder da.

Es war herrlich! Einzig der enorme Lärm von den Straßenarbeitern auf der Schlossbrücke scheuchte uns dann wieder auf den Platz.

Der Verkehr und der moorige Untergrund setzten den Straßen ziemlich zu. Und das zeigte sich nicht nur in Schlaglöchern auf der Brücke. Auf dem Newsky-Prospekt waren die Fahrrinnen der einzelnen Spuren so tief, dass man nur im Schritttempo die Spur wechseln oder abbiegen konnte, weil der Wagen ansonsten aufsetzte. Um die zwanzig Zentimeter tief, da wurde man als Insasse ziemlich durchgeschüttelt.

Es dauerte nur wenige Tage, bis das Eis auf den Kanälen schmolz und auch auf der Newa schoben sich die dicken Schollen in Richtung Meer.

Eine dieser Eisschollen brachte in einer Freitagnacht fünf Männern den Tod. Die Schlossbrücke wurde seit dem letzten Herbst renoviert und ein Schlepper sollte die Pontons vor den treibenden Eismassen schützen. Eine Scholle schob sie aber über eine andere, drückte das Schiff unter Wasser und es sank innerhalb von Sekunden. Die starke Strömung und nachschiebende Eismassen machte eine Rettung unmöglich und auch das Boot selbst konnte erst am Sonntag mit seiner toten Besatzung geborgen werden.

Und zwar zu der Zeit, als Jakob und ich uns gegenüber der Brücke unseren ersten Hot Dog kauften.

Was für ein schrecklicher Unfall!

Was ist für die meisten Menschen das Schönste am Wochenende? – Genau, ausschlafen. Vor allem am Sonntag. Und dann
ein entspanntes Frühstück mit viel Zeit und guter Laune. Gestern war allerdings ein etwas anderer Sonntagmorgen auf dem
Programm: Es war kurz nach 6 Uhr morgens, als ich von unserer Klingel geweckt wurde, die partout nicht aufhören wollte,
zu läuten. Während der großartigste Ehemann aller Zeiten das
Gebimmel hartnäckig ignorierte, schlurfte ich schlaftrunken zur
Wohnungstür. Welcher Idiot klingelte sonntagmorgens um 6
bei irgendwelchen Leuten?!
Unten an der Haustür war eine Kamera, damit wir sehen konnten, wer ins Haus kommt, wenn wir von oben aus öffneten.
Und als das Tor aufging, sah ich nur Gestalten mit Helmen
hinein stürmen! Ich erschrak und dachte an Polizei mit schwe-
rem Gerät, doch als ich die Wohnungstür zum Flur öffnete,
erkannte ich, dass es wohl die Feuerwehr sein musste, die sich
Zugang verschaffte, denn das Treppenhaus war voller Rauch.
Jetzt erst signalisierte mir mein Hirn, es habe gerade den
Schlafmodus verlassen und sei zum Handeln bereit. Also Tür
zu, Ehemann wecken, Jakob wecken.
„Aufstehen, sofort, es brennt, dies ist kein Scherz, zieht euch
an."
`Super!` Dachte ich. Denn bei einem Blick aus dem Fenster
wurde ganz schnell klar, dass das Feuerwehrauto da unten vor
dem Haus mit seiner Drehleiter niemals bis zu unserer Wohnung kommen würde! Das Fahrzeug war vielleicht in den 50er
Jahren mal modern – inzwischen sah es zumindest so aus, als
könne man in seine Funktion nicht mehr wirklich viel Vertrau-
en setzen. Während ich im Kopfkino bereits erahnte, wie ich in
bester Hollywood-Manier an den Fenstern stehe und, umlodert
von Flammen, mein Kind hinaus werfe, damit wenigstens dieses das Inferno überlebte, lief der großartigste Ehemann aller
Zeiten hinunter und forschte nach der Ursache.

Im Treppenhaus rissen die Feuerwehrmänner alle Fenster auf,
damit der Rauch abzog. Was für ein Gestank! Ich fragte, ob wir

über das Treppenhaus das Haus verlassen sollten, doch der Flammentöter winkte ab. Es sei schon alles gelöscht. Nun kam auch Michel wieder und erklärte:

Unten bei den Briefkästen stand eine Truhe. Ähnlich wie Jene, die in Deutschland auf den Terrassen stehen und die Garten-stuhl-Polster verstauen. Nur eben mit so einem Plastik-Bezug bespannt, der wohl aussehen sollte, als sei es Leder...

Und die hatte also gebrannt. Warum? Keine Ahnung! Da unten wohnte eine ältere Dame, die öfter dort saß und rauchte. Aber Sonntagmorgens um 6 Uhr?! Dann bemerkte der großartigste Ehemann aller Zeiten, dass die Stufen im Treppenhaus feucht waren.

„Aha!" Triumphierend konstatierte der Hobbykriminologe, es könnten also nur die Armenier vom Reinigungstrupp gewesen sein!

Ohne ihm die Freude über seine Theorie nehmen zu wollen, hegte ich aber doch ein wenig meine Zweifel, ob die Männer von der Putzkolonne an diesem Tag, um diese Uhrzeit wischen und danach mal eben das Haus abfackeln...

Vielleicht erfahren wir ja irgendwann wie es gewesen war.

Unten am Tatort hatten die Feuerwehrleute aber ganze Arbeit geleistet: der gesamte Flur war schwarz und klebte aufgrund des verwendeten Schaumes. Und das würde vermutlich auch so bleiben, bis der Reinigungstrupp am Donnerstag käme.

Kein Entkommen

Wir haben im letzten Sommer unser Auto von Deutschland aus per Fähre nach Russland gebracht. In Sankt Petersburg durften wir ein Jahr damit herumfahren, dann musste es aber wieder das Land verlassen, um einen Tag später wieder angemeldet werden zu können. Wir mussten den Kangoo also einmal im Jahr über eine Grenze fahren.

Gar nicht weit weg war die Grenze zu Estland. Und, laut Erfahrungsberichten von meiner Freundin und ihrer Familie, konnte man dort einen herrlichen Kurzurlaub verbringen. Also buchten wir uns an der estnischen Küste in einem schnuckeligen Hotel für drei Nächte ein. Koffer gepackt und los geht's!

Außerhalb der Stadt wurden zwar die Autos weniger – dafür die Schlaglöcher umso zahlreicher. Ich war nach wenigen Kilometern felsenfest überzeugt, dass die Stoßdämpfer diese Zumutung nicht überleben würden. Und wir vermutlich auch nicht, da die Leute da draußen dermaßen gefährlich autofahren. Zum Glück hatte es nicht geregnet, ansonsten wäre die „Straße" (eigentlich hat dieser Weg den Namen Straße gar nicht verdient) gar nicht befahrbar gewesen, sondern lediglich ein Schlammloch.

Darum brauchten wir für die läppischen 150 km auch mehr als drei Stunden. Aber dann waren wir an der Grenze angekommen. Wir konnten das Haus sogar schon sehen. Die Autoschlange vor uns war ca. 1.5 km lang und so standen wir und warteten. Wir warteten auch noch länger. Und wir warteten irgendwann ganz lange. Ohne, dass es auch nur eine Wagenlänge vorwärts gegangen wäre. Nach vier Stunden marschierten Jakob und der großartigste Ehemann aller Zeiten dann nach vorn zur Grenzabfertigung.

Dort bemerkten sie, dass von rechts auch eine Straße zur Grenze führte und die ebenfalls voller Autos stand. Auf die Frage, wie lange es wohl dauern würde, bis man nach Estland einreisen könnte, wurde ihnen mitgeteilt: „Na, also frühestens morgen! Schauen Sie, die Autos da von rechts, die sind noch von gestern! Joa, zwei Tage können Sie rechnen."

Da wir aber nur drei Tage insgesamt hatten und vier Tage benötigen würden um einmal hin- und her zu reisen, haben wir das Abenteuer dann also abgebrochen und sind wieder zurück gefahren.

Die Frage nach dem „Warum?!" wurde übrigens folgendermaßen beantwortet: „Das liegt an den Esten. Die sind so langsam!"

Rund herum in meiner Stadt

Ab und zu besuchten Arbeitskollegen des großartigsten Ehemannes aller Zeiten den russischen Standort. Mal dauerten diese Besuche nur einen, mal mehrere Tage. In einer Woche waren es mehrere Tage, welche die deutsche Delegation in Sankt Petersburg verbrachte.

Unter ihnen eine Dame, welche wir schon seit ein paar Jahren auch privat kannten und es wuchs der Wunsch nach einem Treffen.

Eigentlich, so die Idee, könnte man das Ganze doch mit einer kleinen Stadtführung verbinden. Während einer Geschäftsreise hat man ja nicht wirklich Gelegenheit, sich den Ort näher anzuschauen. Und „hast-du-nicht-gesehen" entstand eine Gruppe von sechs Personen, welche ich nun durch die Petersburger Innenstadt führen sollte.

Die Idee toll zu finden ist die eine Sache. Sie auszuführen eine ganz andere. Ich hatte nämlich weder schon mal eine Stadtführung mitgemacht, noch jemals selbst so etwas veranstaltet!

Na gut, das musste ja wohl irgendwie zu schaffen sein. Also ran an Computer und Reiseführer und eine mögliche Route ausgetüftelt. Und dabei zeigte sich bereits das erste Problem: Die Sehenswürdigkeiten schlossen abends ihre Tore, nicht einmal die Kirche war von innen zu besichtigen. Und die Tour sollte um 20.00 Uhr beginnen…

Nun gut. Wenn man Probleme nicht lösen konnte, musste man eben nach Alternativen gucken. Vielleicht nicht nur Jahreszahlen und geschichtsträchtige Plätze ansteuern, auf denen der Boden noch warm war von den trappelnden Schuhen der Touristenmassen, die sie täglich begingen, sondern ein bisschen „Drumherum", auch die Sinne ansprechen, nicht nur das Ohr… Geschichten, warum die Kanäle schwarz waren wie Lakritze, was die Newa gemacht hatte, als man sie umbenennen wollte, etwas über den Großvater von Udo Jürgens und so weiter. Aktionen, bei denen die Teilnehmer selbst etwas machten und nicht nur stehen und zuhören mussten.

Nächstes Problem: Sie würden Hunger haben! Schön, dann werden wir eben zwischendurch eine kleine Pause machen. Aber dann auch echt russisch! Mit Petersburger Vodka, Gürkchen, gerösteten Brotstückchen, Calamari und Wachteleiern. Und Kwas, das erfrischende Malzgetränk. Und russischen Süßigkeiten aus der traditionsreichen Petersburger Schokoladenfabrik.

Und so packte ich kleine Beutel, in denen ein kleines Glas mit Petersburger Motiven, eine Metro-Münze zum Fahren, Süßigkeiten, 30 Kopeken fürs „Hasenwerfen", eine frankierte Postkarte und die Fakten, die ich ihnen während der Tour erzählte nochmal aufgeschrieben in Papierform. Das Ganze erinnerte irgendwie an die Tütchen, welche die Gäste auf einem Kindergeburtstag bekommen...

Was, wenn ich mich total verschätzt hätte und der Weg viel zu lang war? Welche U-Bahn war das denn noch gleich und wie lange lief man von der Festung zurück? - Um Antworten zu bekommen musste ich die Strecke also vorher ablaufen.

Und noch ein Problem: Der Wetterdienst sagte ab 11 Uhr morgens leichten Regen voraus. Und zwar für den ganzen Tag! Oh nein... Eine Stadtführung im Regen, mit einer blutigen Anfängerin und ohne die zu bewundernden Objekte von innen zu sehen – das hört sich nicht wirklich nach Spaß an und ich bekam langsam Angst, den großartigsten Ehemann aller Zeiten vor seinen Kollegen bis auf die Knochen zu blamieren!
Tagsüber versuchte ich mich bei Petrus durch mehrmaliges inniges Beten einzuschleimen und verhielt mich so dermaßen gottgefällig und freundlich gegenüber allen Menschen, dass ihm wohl von seinem Chef mit einem zustimmenden Nicken gestattet wurde mein Flehen zu erhören: Es regnete nicht!

Und so stand ich um 20.00 Uhr am Treffpunkt an der Auferstehungskirche. Mit einem Herzklopfen das gefühlt lauter war, als die vierköpfige Jazzband, die die Touristen beschallte.

Gut, ich musste meine herausgesuchten Texte zwar vorlesen, doch im Ganzen klappte es besser als ich befürchtet hatte. Es ist niemand beim Metro-fahren auf der Strecke geblieben und keiner ist beim Münzenwerfen auf der Haseninsel ins Wasser gefallen. Nach etwas mehr als zwei Stunden Stadtführung saßen wir in einem georgischen Restaurant und ließen den Abend fröhlich ausklingen.

Und Spaß gemacht hatte es der Gruppe auch!

Während uns aus Deutschland die Schreckensnachrichten von Hochwasser und Überflutungen erreichten, hatte Petrus mit Russland offenbar einen besseren Deal laufen. Seit Wochen schien die Sonne, als werde sie dafür bezahlt und die hochsommerlichen Temperaturen zwischen 25 und 33 Grad knallten auf den Asphalt. Da noch keine Ferien waren aber bereits Touristen-Hochsaison herrschte, war es so voll auf den Bürgersteigen, dass manche Fußgänger auf der Straße laufen mussten, weil einfach kein Platz mehr war. Ein sehr gefährliches Unterfangen, denn auch die Motorrad-Fahrer waren mit ihren Höllenmaschinen wieder unterwegs und machten den Gang zum Fitness-Studio zu einem Himmelfahrts-Kommando.

Bei der Hitze und dem ständigen Lärm, den so eine Großstadt nun mal hat, wünschte man sich am Wochenende einfach nur noch: Raus aus der Stadt!

Und während in Deutschland Land unter herrschte, suchten wir genau das, nämlich das Wasser. Mit Freunden fuhren wir an die Ostsee und die Beiden zeigten uns einen wundervollen Strand, sehr sauber und wenig Leute. Es war kurz nach 19.00 Uhr, als wir ankamen und den Grill anwarfen. Die Sonne stand noch hoch am Himmel und das mitgebrachte Thermometer zeigte schauerliche 19 Grad Wassertemperatur. Das schreckte zwar mich, nicht aber Jakob ab, das erste Ostsee-Bad in diesem Jahr zu genießen.

Ich glaube, es kam mehrmals am Abend ein seliger Seufzer, begleitet von den Worten: „Mensch, ist das schön!"

Einzig die Quads (laute Motorräder mit 4 Reifen) zogen meinen Unmut auf sich, denn die Idioten fuhren damit wie die Geistesgestörten kreuz und quer über den Strand. Und da der etwas hügelig war, war dies unverantwortlich. Überall sprangen Kinder herum – ein Wunder, dass nichts passiert ist!

Dieser Strand hat sogar ein Toilettenhäuschen. Leider war vor der Tür der Frauen ein Schloss und als ich gegen 23 Uhr, als es dämmrig wurde, halt die Männerseite nutzen wollte, stellte sich heraus, dass drinnen kein Licht war. Die Fenster waren zugemauert, was der Helligkeit auch nicht dienlich war. Ich bin zwar nicht zimperlich, aber in einem schwarzen Loch mit den Händen herum zu tasten und eine Kloschüssel zu suchen, noch dazu auf dem Herrenklo – das muss dann doch nicht sein. Zum Glück gab es ja die „Natura" und eine Freundin, die Schmiere stand.

Erst um Mitternacht, als die Sonne blutrot mit ziemlichem Romantik-Alarm untergegangen war, fuhren wir heim. Und hatten Glück: Wenige Minuten, nachdem wir über die Newa gefahren waren, wurden nämlich die Brücken hoch gezogen!

Ich hatte gar nicht mehr daran gedacht, dass man im Sommer nachts auf der Festungs-Seite komplett abgeschnitten wurde…

Selbst gemacht!

Inzwischen hatten wir ja schon einige Besucher aus Deutschland beherbergt. Und es kam im Vorfeld die Frage: „Was sollen wir euch denn aus Deutschland mitbringen?"

Meistens erbat man sich natürlich Dinge, die es in Petersburg nicht zu kaufen gibt oder schlichtweg Unsummen kosteten, für die man nicht bereit war, sie zu zahlen. Weine zum Beispiel. Oder Fleischsalat. Bierschinken oder Lyoner (es gab zwar Wurst, die aussah, als wäre sie Lyoner, schmeckte aber meist etwas „glitschig" und süß...)

Tja, und weil solche Dinge nur wenige Tage überlebten, weil sie „hast-du-nicht-gesehen" mit genießerischem Seufzen in unseren Bäuchen landeten, gab es nur sehr selten Fleischsalat.

Gab! - Aber dann fand ich heraus wie vollkommen einfach und simpel es ist, Fleischsalat selber zu machen! Der reinste Witz! Und natürlich auch noch günstiger, als an der Metzgertheke.

Und da kam mir der Gedanke, was man noch so alles selber herstellen kann und das ist doch eine ganze Menge! Brot backen zum Beispiel. Hatte ich in Giengen jahrelang gemacht... Warum in Russland eigentlich nicht?!

Frische Kräuter waren im Supermarkt auch teuer – und man musste Glück haben, sie überhaupt im Sortiment zu finden. Darum würde ich nach dem Sommerurlaub einen Kräutergarten in der Fensterbank einrichten.

Die Nudelmaschine stand bereits auf dem „Deutschland-Einkaufszettel", ebenso wie „Kunst-Därme" zum Wurstmachen.

Der großartigste Ehemann aller Zeiten fing bereits an zu witzeln, ob er vielleicht den Innenhof umgraben sollte, damit ich dort Kartoffeln anbauen konnte – das hätte aber keinen Zweck gehabt, die würden eh geklaut...

Aber es war eine Überlegung wert, ob nicht das Gästezimmer zu einem Hühnerstall umfunktioniert werden könnte. Und den Viechern läse ich dann abends eine Geschichte vor und sie bekämen eine Tasse selbstgebrautes Bier. Dann legten sie gewiss unbeschreiblich tolle Eier und das Fleisch schmeckte auch besser. Das machte man mit diesen super-teuren Cobe-Rindern schließlich auch.

Von dem Bier, welches wir vor Weihnachten gebraut hatten (!) waren nur noch zwei Flaschen da, war lecker!

Wenn ich die Kuh dann unten im Treppenhaus hielte, war das vielleicht nicht unbedingt tierfreundlich – ich hätte aber die Wände um sie herum mit einer Fototapete bekleben können, Motiv „Weide im Sonnenlicht" und über Lautsprecher Vogelgezwitscher und eine leichte Brise erschallen lassen. Dann wäre durch den Erhalt der Milch auch die Käse-Joghurt-Butter-Produktion gewährleistet gewesen.

Je mehr ich darüber nachdachte, desto sicherer wurde ich, dass es künftig in unserem Einkaufswagen nicht mehr ganz so voll war...

(Einzig abwegig war der Gedanke, dass ich in diesem Winter noch das Stricken lernte und den großartigsten Ehemann aller Zeiten im grünen Strick-Hemd zur Firma schickte... Warum? – Weil ich im textilen Bereich komplett unbegabt war und nicht mal häkeln konnte!)